절대호위 護衛

문용신 新무협 판타지 소설

FANTASTIC ORIENTAL HEROES

절대호위 9
문용신 新무협 판타지 소설

초판 1쇄 찍은 날 § 2015년 11월 23일
초판 1쇄 펴낸 날 § 2015년 11월 30일

지은이 § 문용신
펴낸이 § 서경석

편집책임 § 한준만

펴낸곳 § 도서출판 청어람
등록번호 § 제1081-1-89호
등록일자 § 1999. 5. 31
어람번호 § 제2-2614호

주소 § 경기도 부천시 원미구 심곡2동 163-2 서경B/D 3F (우) 14640
전화 § 032-656-4452 팩스 § 032-656-4453
http://www.chungeoram.com
E-mail § chungeorambook@daum.net

ⓒ 문용신, 2014

ISBN 979-11-04-90528-5 04810
ISBN 979-11-316-9156-4 (세트)

※ 파본은 구입하신 서점에서 교환하여 드립니다.
※ 저자와 협의하여 인지를 붙이지 않습니다.
※ 이 책은 도서출판 청어람과 저작자의 계약에 의해 출판된 것이므로,
  무단 전재 및 유포·공유를 금합니다.

절대호위

청풍 9

문용신 新무협 판타지 소설

FANTASTIC ORIENTAL HEROES

도서출판 청어람

第一章	봉쇄	7
第二章	누구세요?	35
第三章	두 번째 싸움	75
第四章	비밀	107
第五章	천금을 주고도 못 사는 그녀	139
第六章	첫 경험	165
第七章	마음속 가시	195
第八章	가출의 이유	231
第九章	불길한 예감	257

第一章

봉쇄

낯선 사람이 지나가는 똥개에게 다정하게 구는 이유는 단 하나 뿐이야.
잡아먹으려는 거지. 크크크.

—점창일기 구대통

"장문?"

심각한 얼굴의 제자 한 사람이 기가 죽을 대로 죽은 채 공동파 상천궁(上天宮) 대회의장 안으로 조용히 들어섰다.

그러자 긴 회의 탁자 양쪽으로 빈자리 하나 없이 빼곡히 앉아 있던 수십 명의 도사가 일제히 그들을 주목했고, 장문인 충령 다음으로 높은 지위 서열을 가진 무령이 다그치듯 그를 재촉했다.

"어찌 되었느냐? 어찌 되었어?"

"사형! 정말 떠나지 않고 산문 안팎에 진을 치고 있습니다."

"뭐… 야?"

새파랗게 질린 무령은 말을 이어가지 못했다.

놀랍기도 하고 기도 막힌단 표정의 그가 장문인 충령을 돌아보았다.

하지만 충령의 표정도 다르지 않았다. 고개까지 떨어뜨리고 일그러진 모습.

"장문, 도대체 무슨 의도일까요? 어째서 저들이? 더군다나 일월천의 교주가 직접 철혈마군을 이끌고……. 그들이 정말 중원 정복을 시도하는 것일까요?"

무령의 다급함에도 계속 고뇌하는 모습만 유지하던 충령이 한참 후에야 고개를 들었다.

"알 수가 없다. 정말 알 수 없는 노릇이야. 뭘 원하는지 뭘 노리는지 나로서도 당최 이해가 되지 않는 상황이다. 당장 싸움을 거는 것도 아니면서 보란 듯이 명화전을 박살 내고, 특별한 요구 사항도 없으면서 산문을 차단하고."

"그럼 일월천 교주 첩혈사왕, 그가 지껄인 말처럼 정말 유람 나왔다가 여기가 마음에 들어서 저러는 걸까요?"

"……."

대답을 못 하는 충령. 숨통은 답답해 막힐 것 같고 머리는 터져 나갈 것처럼 아프기만 한 그였다

그는 독촉하는 무령을 제쳐 두고 다른 사형제들과 제자들을 보았다.

"전서는 보냈느냐?"

"예, 장문!"

"그럼 일단 기다려 보자. 지금으로선 기다리는 수밖에 없다. 우리가 할 수 있는 것은 아무것도 없으니."

읊조림이나 다름없는 충령의 힘없는 지껄임에 왼쪽 끝자리에 앉아 있던 한 사람이 일어났다. 같은 배열에 앉은 지긋한 나이의 인물들에 비하면 젊다고 할 수 있는 이제 오십 중반 즈음에 접어든 도사였다.

"장문, 그 무슨 말씀입니까? 그럼 이대로 굴욕을 당하고 있잔 말입니까?"

충령이 숙이고 있던 고개를 들어 그를 쏘아보았다. 일대제자들 중 가장 어리지만 항렬이 높아 자기보다 한참 나이 많은 일대제자들과 육순을 넘긴 이대제자들에게 사형이나 사백 소리를 듣는 백령자(柏翎子)였다.

"그럼 어쩌자고?"

충령의 대꾸가 노려보는 시선만큼이나 곱지 못했다. 백령이 가진 성격상 그가 어떤 식으로 나올지 충분히 짐작하는 탓이다.

아니나 다를까, 그는 바로 핏대를 세웠다.

"장문! 이건 엄연한 행패고 협박이잖습니까! 자기들 마음대로 올라와서 마음대로 지껄이고 마음대로 부수고. 이런 수모를 그냥 당하고 있잔 말씀입니까?

"……."

대꾸 않고 노려보기만 하는 충령. 할 말이 없기도 하거니와 한 세대나 차이 나는 그와 말을 섞기가 싫었기 때문이다.

"이게 뭡니까? 그 궁외수란 놈과 극월세가를 상대론 세상 다 쓸어버릴 것처럼 광분하시더니 왜 마교 앞에선 이처럼 머리를 처박고 계시는 겁니까? 놈들이 우리 공동파 본산까지 쳐들어와 저처럼 유린하는데!"

백령, 그가 격분을 토로하자 맞은편의 이대제자들이 힐끔힐끔 충령과 일대제자들의 눈치를 봤다.

보다 못한 무령이 타이르듯 나섰다.

"말이 지나치다. 백령 사제는 앉아라. 그리 쉽게 결정하고 행동할 일이 아니다!"

"무령 사형! 어째서입니까? 상대가 너무 강해 죽는 게 무서워서입니까? 하지만 이건 아닙니다. 목숨을 던져서라도 대항을 해야죠. 그게 공동파인들다운 모습이죠. 이렇게 문고리 잡고 안에 숨어 벌벌 떠는 모습만 보이다가 달려온 다른 이들의 도움이라도 받고 살아난다면 그것은 치욕이 아니랍니까. 향후 어떻게 고개를 들고 살려고 그러십니까. 차라리 부딪쳐 싸우다 죽는 게 명예라도 남습니다. 싸웁시다! 이렇게 전전긍긍하며 이곳저곳 전서를 보낼 게 아니라, 공동파다운 의기와 용기로 맞섭시다!"

"백령! 닥치지 못하겠느냐!"

무령이 기어이 노화를 터뜨렸다.

"어찌 짧은 너만의 생각으로 모두의 머릿속을 어지럽히느냐. 다른 이들은 그리 생각할 줄 몰라서 이러고 앉아 있느냐. 죽어 돌아온 제자들 때문에 길길이 날뛰던 장문이시다. 마교를 모르느냐? 하나의 세력으론 부딪칠 수 없는 집단! 그래서 무림맹을 조직해 두지 않았더냐. 정녕 이란격석(以卵擊石)이나 다름없는 부딪침으로 모든 제자가 죽고 우리 공동파가 멸문하는 꼴을 바란단 말이냐?"

"억지요! 비겁한 변명일 뿐입니다. 필사의 각오로 싸운다면 못 물리칠 이유가 없습니다. 지금 놈들이 전력을 다 끌고 온 것도 아니잖습니까. 비록 큰 희생이 따르겠지만 공동파란 이름 앞에 떳떳할 수 있다면 단 한 사람이 남더라도 싸워야 한다고 생각합니다."

"백령!"

잠자코 있던 충령도 끝내 고함을 터뜨렸다.

"잘났구나, 정말! 네놈의 의기에 낯이 부끄러워 고개를 들수가 없구나."

"장문?"

"시끄럽다! 꺼져라! 그렇게 자존심 세우고 싶으면 네놈이나 나가서 혼자 실컷 세워라!"

"……."

충령의 말에 백령이 분을 삭이지 못하고 부들부들 떨었다.

"그러겠소! 난 도저히 이 상황을 받아들일 수 없소!"

백령이 자리를 벗어나 회의장을 빠져나갔다. 그 모습을 성난 표정으로 지켜보던 충령이 다시 풀죽은 얼굴로 돌아와 좌중에게 말했다.

"모두 백령의 말에 신경 쓰지 마라. 자극받을 필요 없다. 알다시피 마도를 통일한 일월천은 우리의 힘만으로 상대하긴 너무나 벅찬 상대다. 만약 경솔히 행동해 우리 공동파가 놈들의 손에 허물어진다면 나머지 중원 문파들도 하나씩 차례로 무너질 것이다."

충령의 말끝에 일대제자 중 한 사람이 받아 말했다.

"장문, 의문입니다. 놈들이 중원을 잠식해 나갈 작정이면 어째서 찔러만 놓고 저리 있는 것일까요? 한시가 급하게 공격해야 하는 것이 맞지 않습니까."

"정녕 알 수 없는 노릇이다. 분명 목적이 있을 터인데 그 의도를 파악할 수 없으니. 어쨌든 놈들이 명확한 의도를 드러낼 때까지 우린 동도들의 지원을 기다린다. 모두 나가서 최대한 경계를 갖춰 놈들의 움직임을 주시하고 끌고 온 전력이 더 있는지, 있다면 어느 정도인지 확인하도록 해라! 변화가 발생하면 즉시 보고하고!"

"예, 장문!"

* * *

"교주, 이것 좀 드십시오."

무력부장 곽천기가 궁뇌천의 막사로 커다란 음식 그릇을 들고 들어와 내밀었다.

"따로 시중들 아이들을 데려오지 못해 아쉽지만 무력부대 놈들이 만든 것치곤 꽤 맛이 있습니다."

고기와 과일 등을 굽고 볶은 간식거리였다.

하지만 뒷짐을 지고 막사 창을 통해 바깥만 응시하고 있던 궁뇌천은 돌아보지도 않고 질문부터 던졌다.

"공동파 상황은 어떠하냐?"

"하하, 꿈쩍도 않고 있습니다. 아마 지금쯤 머리가 빠개질 테죠. 하하하, 하하!"

곽천기가 헤픈 웃음을 흘리는 그때 막사 안으로 한 사람이 더 들어왔다. 철혈마군 대주 연우정이었다.

"교주, 놈들이 또 전서구를 띄웠습니다. 붙잡아 확인해 보니 이번엔 화산파더군요. 무림맹, 청성파, 당문세가, 구원 요청을 보내느라 아주 정신이 없습니다."

"하나도 빠져나가지 못하게 잘 포획하고 있는 것이냐?"

"예, 교주! 전서구란 전서구는 궁수들과 매를 배치해 모조리 낚아채고 있습니다."

고개를 끄덕이는 궁뇌천. 그는 생각이 많은 듯 시선을 다시 창밖으로 돌렸다.

그러자 눈치를 보던 곽천기와 연우정이 조심스레 다시 말을 걸었다.

"교주, 말씀해 주시면 안 되겠습니까? 다들 궁금해하고 있습니다. 왜 간만 보고 내버려 두는 것인지. 그리고 어째서 일월천 전체 전력도 아니고 철혈마군 내에서도 극소수라 할 수 있는 일부만 데리고 온 것인지 말입니다."

"별거 없다. 단순히 옴짝달싹 못하게 옭아매 두려는 것뿐이야."

"그러니까 왜요?"

곽천기의 되물음에 결국 궁뇌천이 인상을 찌푸린 채 돌아보았다. 당연히 불벼락이 떨어질 줄 알고 곽천기와 연우정이 찔끔했다.

하지만 궁뇌천은 뜻밖에도 별다른 반응 없이 째려보기만 했다.

여전히 생각이 많은 듯한 그의 얼굴.

궁금한 걸 못 참는 곽천기가 거듭 용기를 냈다.

"소교주 때문입니까?"

대답 않는 궁뇌천. 눈치 빠른 곽천기는 그의 미세한 표정 변화를 놓치지 않았다.

"설령 그렇다고 해도 쓸어버리면 될 일이지 않습니까. 이렇게 놈들에게 반격할 기회를 줄 것이 아니라 아예 뭉개서 지워 버리면 아무 문제도 없을 일을 말이죠."

"시끄럽다. 나가서 함부로 움직이지 못하게 단속이나 잘 해!"

"에이, 그런 것일랑 걱정 마십쇼. 교주도 계신데 누가 감히 명령도 없이 함부로 움직인다고."

끝내 말을 놓는 궁뇌천 때문에 입이 툭 튀어나온 곽천기였다. 거기다 궁뇌천의 예상 밖 행동은 곽천기를 더욱 당황케 했다.

스륵.

막사 한쪽에 세워져 있던 궁뇌천의 검이 날아와 그의 손에 쥐어지자 곽천기가 휘둥그런 눈을 하며 물었다.

"교주, 왜요? 뭐 하시게요?"

"잠시 다녀올 데가 있으니 시킨 대로 자릴 지키고 있어!"

"어, 어딜?"

"……."

궁뇌천은 대답하지 않았다. 격공섭물로 끌어당긴 자신의 검을 그저 묵묵히 허리춤에 매달고 밖으로 향할 뿐.

그때 막사 안으로 또 한 사람이 들어섰다.

"교주! 대장!"

이번 출동에 따라온 세 명의 철혈마군 부대주들 중 한 명.

연우정이 돌아보았다.

"무슨 일이야?"

"대장, 도사 한 놈이 제자들로 보이는 몇몇 놈들을 끌고 내려와 펄펄 끓는 기세로 교주를 뵙겠다 합니다."

"뭐?"

"막무가내인데 어떻게 할까요? 위협을 해도 굳이 교주님과 독대를 하겠다며 버티고 있습니다. 그냥 목을 쳐 버릴까요?"

그는 연우정에게 말을 하면서도 궁뇌천의 눈치를 살폈다.

듣고 있던 궁뇌천이 피식 쓴웃음을 지었다.

"후훗, 자존심 강한 놈이 있었군. 곽천기!"

"옛, 교주!"

"적당히 처리해!"

"……?"

곽천기가 의미를 몰라 어리둥절해하고 있을 때 궁뇌천이 다시 걸음을 재촉해 갔다. 그리고 막사 휘장을 걷고 나서자마자 바로 공중으로 날아올랐다.

"교, 교주? 잠깐만!"

곽천기가 허둥지둥 쫓아 나왔으나 궁뇌천의 신형은 이미 까마득하게 능선을 넘어가고 있었다.

멍하니 닭 쫓던 강아지 꼴이 되어버린 곽천기.

"이런?"

황당했다. 뭘 어쩌란 건지.

어디를 간다, 언제 돌아온단 명확한 말도 없이 사라져 버린 궁뇌천 때문에 철혈마군 수장 연우정도 멍하긴 마찬가지였다.

"곽 부장, 어찌해야 되는 것이오?"

"모르겠다, 젠장!"

"소교주 때문에 저러는 것이오?"

"그렇겠지. 그게 아니고 교주께서 혼자 움직일 일이 뭐가 있겠어."

"거참, 이해가 안 되는구려. 왜 따로 두고 신경을 쓰는 것인지. 그냥 교로 불러들여 같이 있으면 되는 것이잖소."

"내가 어찌 알아? 뭔가 다른 이유가 있으시겠지."

"그나저나 어쩔 것이오, 밖에 있다는 것들은?"

"몰라! 일단 나가자!"

곽천기가 불만을 가득 문 얼굴로 막사 반대편으로 나왔다.

이곳저곳 삼백 철혈마군 대원들이 쳐 놓은 임시 막사들 너머로 군집한 대원들이 보였다. 공동파 산문 패방(牌坊)이 있는 쪽이었다.

곽천기는 연우정과 주저 없이 그리로 향했다.

구경하듯 둘러선 철혈마군 대원들. 그리고 그들 속에 구경거리가 된 것처럼 갇혀 있는 십여 명의 군상들.

잿빛 도복을 입은 공동파 도사들이 우악스런 인상으로 둘러싼 철혈마군 대원들의 눈치를 보며 옴짝달싹 못하고 있었는데, 오직 한 사람만은 제법 당당히 어깨를 펴고 있었다.

딱 보아도 내려오기 싫어하는 제자들을 끌고 내려온 것이 분명한 모습. 곽천기는 조금의 망설임도 없이 그에게로 향했다.

"어떤 놈이 감히 본교 마군의 휴식을 흩뜨리느냐?"

곽천기가 철혈마군 전체 수장 연우정과 같이 나타나자 둘러섰던 대원들이 물러나며 길을 열었다.

분위기의 차이는 확연했다. 마도 통일 이후 피에 굶주렸다 할 수 있는 철혈마군 아닌가. 먹잇감을 앞에 놓고도 명령에 묶여 이러지도 저러지도 못하는 것이 답답하다는 듯 건들건들 군침들을 흘리는 모양새였고, 포위된 양상의 공동파인들은 그저 눈치 보기에 바빴다.

"뭐냐, 너희는?"

"난 공동파 일대제자 백령이라 한다!"

일부러 삐딱한 시선과 자세로 마주한 곽천기가 백령을 흘겼다.

"그래서?"

"너희가 무엇이든 유사 이래 남의 문파 산문에 이렇게 버티고 앉아 행패를 부린 경우는 단연코 없었다. 너희가 근본을 모르는 마교도들이니 그것은 이해하려 애쓰겠다. 그러나 목적이 무엇이냐, 그것을 알아야겠다! 너희 교주 나오라 해라!"

"너희 교주? 나오라 해라?"

곽천기의 표정이 싸늘하게 변했다.

"죽고 싶은 모양이군. 맞아. 틀림없어. 죽고 싶어 안달이 난 게야. 감히!"

"훙, 네놈들 따위 두렵지 않다! 왜 공동파를 상대로 이런 말도 안 되는 수작질을 벌이는 것인지 명명백백히 밝혀라!"

"말 못 해주겠는데."

"뭐야?"

"알면 어쩔 건데? 설사 우리가 너흴 접수하러 왔다고 해도 네놈들이 뭘 어쩔 것이냐고. 어디 전부 다 끌고 내려와서 전면전이라도 한번 벌여볼 테냐?"

"……."

대답을 못하고 주춤대는 백령.

"얌전히 놔둔 걸 고맙게 생각지 않고 어딜 내려와서 따져? 모조리 씨를 말려줄까?"

곽천기의 위협에 백령이 참다못해 이를 악물고 검을 뽑았다.

카랑!

"마교 놈들하곤 역시 말이 안 통하는구나. 허락도 없이 마음대로 공동산에 쳐들어와 행패를 부리는 주제에 되레 큰소리라니. 네놈들 따위 두렵지 않다! 감히 공동파를 어찌 아는 게냐. 지금 당장 여길 떠나지 않으면 중원 무림에 대한 침공으로 간주하겠다!"

백령을 노려보는 곽천기. 그는 잠시 생각을 하다 엉뚱하게도 둘러선 철혈마군 대원들 중 한 사람에게로 가만히 눈을 주었다.

"네놈 이름이 뭐냐?"

흥미가 없단 듯 앞 바지춤에 두 손을 푹 찔러 넣고 무심히 서 있던 건장한 사내가 건성건성 대답했다.

"철혈마군 제3군 갑조 조장 도극소(導克素)라 하오."

"갑조 조장? 좋아! 지금부터 네 무위를 확인해 보겠다."

"무슨 소리요?"

"칼을 뽑아라! 이 도사를 얼마나 상대할 수 있는지 보겠다."

"……."

멀뚱히 쳐다보는 사내.

"왜, 자신이 없느냐?"

"뭐요? 그걸 말이라고. 죽여도 되는 거요?"

"음, 적당한 선에서 마무리해!"

곽천기가 궁뇌천을 흉내 내어 두루뭉술하게 말했다.

"……."

도극소란 사내가 곽천기와 같이 나온 대주 연우정을 쳐다보았다. 곽천기가 일월천 무력부대 전체를 총괄하는 무력부장이지만 철혈마군의 수장은 어쨌든 그인 탓이다.

가만히 고개를 끄덕이는 연우정.

그제야 도극소는 비릿한 미소를 머금으며 허벅지 아래로 늘어뜨려 매달고 있던 긴 칼을 움켜잡았다.

쓰르릉!

거침없이 뽑혀 오르는 칼. 시커먼 도신에 시퍼런 칼날이 섬뜩함을 더했다.

"흐흐홋, 재미있게 되었군. 그러잖아도 근질근질해서 미칠 참이었는데. 듣기에 공동파 무공이 심오하면서도 꽤 거칠고 난폭하다하던데, 어디 얼마나 거칠고 난폭한지 한번 볼까?"

여유롭게 이죽거리는 사내.

반면 백령의 안면은 붉으락푸르락 감정을 추스르지 못했다. 철저히 무시당하고 있단 사실을 떨칠 수 없었기 때문이다.

일대제자로서 공동파 대부분의 무공을 익혔으며 수십 명의 직계제자들과 사손들까지 거느린 백령. 지금의 굴욕을 이대로 인내하고 있을 순 없었다.

"잠깐!"

백령이 검을 내치려는 순간 곽천기가 느물대며 끼어들었다.

"그렇게 흥분해서야 쓰나. 공동파를 지탱하는 일대제자가!"

백령이 째려보았다.

"흐흐, 보다시피 이놈은 철혈마군의 일개 조장에 지나지 않는다. 그러나 만약 이놈이 네놈에게 패하기라도 하면 네놈들 뜻대로 해주지!"

"그 말 어김이 없느냐?"

쿠쿵!

곽천기가 발을 굴러 막대한 공력을 땅으로 전하며 또 한 번 궁뇌천 흉내를 냈다.

"감히 나를 어찌 보고!"

맹렬한 살기를 뿜는 곽천기.

이미 공동파 명화전을 박살 낼 때 일신의 공력이 증명된 그였다. 궁뇌천에 비길 바는 아니었으나 강한 진동에 땅거죽이 풀썩거리며 주변을 흔들었다.

하지만 백령은 눈도 꿈쩍하지 않았다. 이미 각오를 하고 내려온 상태였고 그 정도의 공력 과시는 자신도 할 수 있었기 때문이다.

"단, 네놈이 지면 지금 너희뿐만 아니라 공동파 전체를 쓸어버리든지 말든지 우리 맘대로 하겠다!"

곽천기를 째려보던 백령이 천천히 허리를 세웠다. 그 까짓 건 문제 될 게 없었다. 죽음을 각오하고 내려온 마당에 그딴 게 무슨 상관이랴.

백령은 긴 호흡을 몰아쉬고 따라온 제자들에게 말했다.

"모두 물러나 있거라."

지금까지 흥분한 모습을 보였던 것과는 달리 차분하고 진중한 태도를 보이는 백령이었다.

십여 명 제자들이 걱정을 떨치지 못하며 주섬주섬 물러나자 보고 있던 곽천기도 비릿한 웃음을 머금은 채 두어 걸음

뒤로 빠졌다.

그러자 도극소가 그의 자리를 대신하며 성큼 백령 앞으로 나섰다.

백령이 다시 한 번 빠르게 도극소를 훑었다.

큰 칼에 큰 체구. 여유로운 자세.

일신의 공력 따윈 따로 느껴지지 않았다. 다만 고도의 훈련을 견뎌낸 단단함과 수없이 많은 실전을 치른 경험을 전신으로 풍기는 맹수 같은 느낌의 인간이었다.

백령은 내심 쾌재를 외치고 있었다.

살아 돌아갈 생각 따윈 애초에 버리고 내려온 몸. 단지 공동파의 제자로서 그 기개를 다하고 통하지 않으면 자부심만이라도 남기고 죽을 작정이었다. 한데 이런 기회라니.

물론 자신이 있으니까 내세웠겠지만, 평생 공동파의 심오한 비기들을 익혀온 자신이 아무리 막강 위명을 떨쳐 온 일월천 무력부대라지만 부대원 하나 감당하지 못할까.

모든 것을 일거에 만회할 수 있는 기회인 셈이었다. 무시하던 장문인과 사형들의 코를 납작하게 해줄 수 있고 땅바닥에 곤두박질친 사문의 명예도 다시 되찾을 수 있는.

백령은 흥분을 애써 억눌렀다.

실제 마도를 처음 상대하는 것인 데다가 마교의 무공을 접해본 적이 없었기에 일개 전투원이라 해도 방심해서는 안 되기 때문이다.

백령은 공력을 끌어올리며 최대한 신중한 자세로 싸움을 준비했다. 죽어도 되냐고 지껄였던 자인 만큼 상대의 무위와 장단점을 파악하는 게 무엇보다 우선이었다.

"오래 걸리는군."

기다리던 도극소가 기어코 먼저 땅을 박차며 움직였다.

휘익!

일도에 쪼개 버리겠다는 듯 바람을 가르는 도극소의 거도.

무식해 보일 정도로 단순하고 직선적인 공격이었다. 오히려 당혹스런 백령이 행운유수(行雲流水)를 펼쳐 옆으로 운신하며 응수를 피했을 만큼 무모한 공격.

피한 백령을 쫓아 펼치는 2차 공격도 다르지 않았다.

부악!

빠르고 거칠며 위압스럽긴 해도 허점이 노출되는 큰 동작들.

백령이 가볍게 받아치며 좀 더 신중히 도극소를 살폈다.

카앙! 캉!

백령의 운신은 그가 펼치는 신법의 이름처럼 정말 부드러웠다.

구름이 가고 물이 흐르듯 자연스러운 운신. 때문에 마치 어린아이의 손을 피해 자유자재를 팔랑거리는 봄 나비의 유희(遊戲)와도 같이 느껴졌다.

"미꾸라지 같구나!"

도극소의 자극. 그러나 백령은 방심하지 않았다.

상대는 일개 전투부대원이지만 극한의 훈련에다 사지를 오간 경험을 쌓은 살인 무기. 내공을 비롯한 연륜에서 자신이 앞서 있다곤 해도 언제 어느 순간에 돌발적인 살수가 튀어나와 목을 위협할지 알 수 없기 때문이었다.

"피의 명성을 떨치던 일월천 철혈마군의 실력이 고작 이 정도였더냐, 너무 형편없어 응수할 맛조차 나지 않는구나."

오히려 역으로 상대를 긁어가는 백령. 신법의 속도나 공력의 수위에서 자신이 훨씬 우위에 있다고 믿어졌기에 가능한 도발이었다.

하지만 도극소 역시 태연했다.

"그래? 하지만 결판을 내야 하지 않을까. 어차피 체력이라면 자신 있는데 말이야."

백령은 피식 웃음을 머금었다. 맞는 말이었다. 피하기만 할 수는 없었다.

예로부터 공동파는 사마외도(邪魔外道) 무리를 상대하기 위해 그들과는 상극인 수많은 복마(伏魔) 무공들을 발전시켜왔다. 그들의 침공이 잦은 지리적 위치 때문이기도 했지만 종파의 교리 또한 사마외도와 공존할 수 없어 끊임없이 배척해 왔기 때문이었다.

백령은 곧바로 '복마대구식(伏魔大九式)'을 펼쳤다. 주저할 이유가 없었다. 승부는 물론 도극소의 진정한 무력 수위를 알기 위해서라도 더 큰 자극이 필요했다.

"어디 막아보아라!"

비로소 파괴력 짙은 공동파의 거친 검공이 펼쳐졌다. 거칠면서도 장중한 심오함을 담고 있는 공동파의 무공.

콰앙! 쾅! 쾅!

이미 막대한 공력을 운용 중인 백령이었기에 그 위력은 대단했다. 우악스럽게 달라붙던 도극소가 운신이 흐트러진 채 응수하며 물러서야 할 정도였다.

검공뿐 아니었다. 그 와중에 백령은 장공(掌功)까지 연결시켰다.

'단망인(斷網印)'이란 장공.

퍼엉!

정확히 타격되진 않았지만 도극소의 어깻죽지를 훑고 나가는 경력.

"이익!"

도극소가 근접한 기회를 놓치지 않고 바로 백령의 허리를 노리며 반격을 했으나 그의 칼은 허공만 갈랐다.

"이런?"

어이없단 표정을 짓는 도극소. 분명히 바짝 붙은 상태였고 충분히 벨 수 있다 여겼는데 백령의 신형은 꺼지듯 사라지고 없었다.

눈도 따라잡지 못할 만큼 빠르게 신형을 이동시킨다는 '이

형환위(移形換位)'.

 백령을 찾아 도극소가 돌아보았을 때 거리를 두고 다시 강력한 장공이 날아들었다.

 퍼펑!

 '현명신장(玄冥神掌)'이라 이름 붙여진 공동파 절기 하나가 다시금 작렬했다.

 가까스로 팔을 들어 면상을 보호한 도극소가 그대로 주르르 밀렸다.

 회심의 미소를 지은 백령.

 "걱정하지 마라. 과거 너희 마교를 상대할 때만큼 지독한 장공은 아니었으니. 후훗."

 여유를 찾은 백령이었다. 충분히 이길 수 있단 자신감.

 도극소가 현명신장에 옷이 뜯겨 나간 자신의 팔뚝을 힐끔 확인했다. 시커멓게 변한 피가 배어나고 있는 팔뚝. 약하다곤 해도 분명 독성이 있는 악랄한 장공이었다.

 도극소는 야수처럼 백령을 노려보며 쓴웃음을 지었다.

 "대단하군. 백도 문파들 중 가장 혹독한 무공을 사용하는 공동파라더니 과연 그 명성에 조금도 모자람이 없어."

 "뒤늦게 깨달았으면 승복하고 물러나라!"

 "흥, 무슨 소리! 아직 시작조차 안 했는데."

 도극소가 자세를 바꾸고 다시 다가섰다.

 백령도 거침없이 공동파 최고 무공들로 마주쳐 갔다.

콰쾅!

비록 일대제자들 중 나이는 가장 어리지만 장문인 충령자 다음으로 공동파의 최고 신공인 천뢰복마신공과 혼원일기공을 연성해 모두를 놀라게 한 백령이었다.

그만큼 그의 무공 재능은 출중했고 한참 윗줄의 일대제자들에 비해 모자람이 없었다. 다만 과도하게 직선적이고 타협할 줄 모르는 성격 탓에 모두의 미움을 사고 있었을 뿐.

공력이 실린 백령의 검은 강기를 머금고 그 위력을 더했다.

그런데 받아치는 도극소가 전혀 밀리지 않았다. 밀리기는커녕 오히려 너무도 태연히 되받아치는 모습.

"……?"

당혹스러워진 건 백령이었다. 공력과 초식, 모든 면에서 우위를 점한 채 공세를 퍼붓건만 뭔가 휘말려 드는 느낌이 있었다.

아니나 다를까, 도극소가 지금까지와는 전혀 다른 힘을 보이기 시작했다.

콰쾅!

돌변한 공력, 이형환위를 따라잡을 만큼 쾌속한 운신.

'이놈이?'

백령은 두 눈을 부릅뜬 채 정신없이 손발을 놀렸다. 놀라운 반격. 백령은 자신의 복마대구식이 마치 거센 파도에 휩쓸리는 것 같단 생각이 들 정도였다.

콰콰쾅! 콰앙!

"읍!"

호흡이 흐트러질 만큼 무시무시한 도격이 퍼부어졌다. 백령이 최대한의 운신으로 피하려 했지만 쏟아지는 도격을 빠져나갈 수가 없었다.

믿기지 않았다. 복마대구식의 검식이 밀리고 공력에서도 밀리고. 어떻게 한순간에 모든 것이 뒤집히는지 이해할 수 없었다.

퍽!

백령이 옆구리에 날아든 충격에 허겁지겁 물러났다. 그러나 물러난다고 멈춰질 도격이 아니었다. 위에서 옆에서 아래에서 정신없이 날아들었고, 도격을 방어하는 동안 발과 무릎, 팔꿈치와 주먹이 어지러이 연결되었다.

퍼퍽! 퍼억! 퍼퍼퍼퍽!

"사부? 사부?"

따라온 제자들의 목소리가 들렸다.

명확해졌다. 백령은 자신이 이 싸움을 감당할 수 없다는 걸 뒤늦게 깨달았다.

도극소는 자신을 가지고 놀고 있었다. 일격에 도륙할 수 있는 상태임에도 일부러 주먹과 발을 이용한 타격만을 가하고 있는 중이었다.

도저히 항거할 수 없는 상태로 몸이 붕 떠 있다는 것을 느껐을 때, 백령은 전해져 오는 고통조차 느끼지 못했다.
"그만!"
들려온 목소리는 처음 이 싸움을 붙였던 자의 목소리였다.
타격이 멈추자 공중에 떠 있던 백령의 몸뚱이는 그대로 땅바닥에 곤두박질쳤다.
털썩.
버둥거리는 백령. 그는 자신의 검이 손에 쥐어져 있는지조차 의식하지 못할 만큼 넋이 달아난 상태였다.
무참하게 터진 몰골. 그 앞에 곽천기가 혀를 차며 섰다.
"쯧쯧, 적당히 하라니까 그 짧은 순간에 아주 떡을 쳐 놨군."
"이, 이놈들······. 으드득!"
뭉개져 피가 범벅이 된 얼굴을 가누지도 못하는 백령이 일어나려 기를 썼다.
"어때? 이제 자신들이 얼마나 허울 좋은 족속들인지 깨달았나?"
"죽여라!"
"그래도 자존심이 남아서 오기를 부리는군. 데려온 제자들 앞에서 부끄럽지도 않아?"
곽천기의 말에 공동파 제자들이 눈치를 보며 움찔거렸다.
"스스로를 생각해 봐. 왜 싸움에서 졌는지. 그딴 죽어 있는 무공 따위 익혔다고 어깨 힘이나 주고 거들먹거리는 행세밖에 할 줄 모르는 족속들을 누가 못 이길까. 꺼져! 가서 대가리 처박고 쥐죽은 듯 꼼짝 말고 있어! 확 다 쓸어버리기 전에!"

곽천기는 바로 돌아섰다.

"서라! 아직 끝나지 않았다. 날 죽이고 가라! 거기 서!"

백령이 악을 쓰며 분노를 멈추지 않았지만 그는 스스로 몸조차 가누지 못했다.

그를 말리고 부축하려 제자들이 달려들었을 때 이미 그는 제풀에 의식을 잃고 있었다.

"사부, 사부!"

第二章

누구세요?

보고 싶어. 그가 날 어떻게 바라보는지, 그는 어떻게 웃는지, 그의 모든 걸 보고 싶어.

―숨겨진 반야의 마음

"반야, 뭐 해?"

화병의 꽃을 더듬고 있는 반야. 일부러 그녀의 방에 들른 외수는 몹시 궁금하단 얼굴로 다가섰다.

"향기가 무척 좋아서 어떤 꽃들인지 궁금해 만져 보고 있었어요."

"시시가 가져다놓은 건가?"

"네."

외수는 자기 방에도 똑같은 꽃들이 장식되어 있었기에 쉽게 짐작할 수 있었다.

"그런데 어쩐 일이세요?"

"응. 뒤채에 가려고."

"저도 같이요?"

"그래. 널 데려오라 했거든."

"……."

반야는 반기는 표정이 아니었다. 그저 말없이 고개를 떨어뜨릴 뿐이었다.

그녀의 마음을 아는 외수가 가만히 손을 잡았다.

"가자. 가보면 알 수 있을 거야. 네 눈을 고칠 수 있는지 없는지."

외수는 여전히 말없는 반야의 손을 자기 겨드랑이에 끼고 앞서 걸었다.

어쩔 수 없이 따라 걷는 반야다. 희망보단 무거운 마음만 걸음걸음 찍어놓고 있었다.

밖으로 나오자 다과를 준비해 오던 시시가 서둘러 달려왔다.

"어머, 어디 가세요?"

"뒤채에."

"그래요? 저도 갈래요."

외수가 대답을 하지 않았음에도 시시는 거실 한쪽 탁자에 다과 쟁반을 가져다놓고 바삐 두 사람을 쫓아 움직였다.

이제 뒤채엔 외수를 막아서는 빙궁 여인은 없었다. 반야와 시시를 대동하고 있음에도 저지하는 이 없이 오히려 옆으로 비켜 길을 터주었다.

여전히 한기가 흐르는 빙궁 신녀 항아의 방.

"기다리세요."

외수가 기척을 하며 문을 열려는 순간 안에서 들려온 목소리였다.

그리고 잠시 후 직접 문을 열고 빙궁 신녀 항아가 모습을 드러냈다.

여전히 현실 속 사람 같지 않은 신비로운 자태. 반야를 지그시 쓸어본 그녀가 외수에게 말을 건넸다.

"방 안은 빙차 때문에 견디기 힘들 거예요."

외수는 반야를 위한 배려라는 것을 알고 고개를 끄덕였다.

"갑갑하지 않아? 어떻게 하루 종일 집 안에만 있어? 무척 넓은 극월세가라도 이곳 내원에선 신경 쓰일 만한 사람도 없는데 산책도 좀 하고 그래."

외수의 말에 항아는 물끄러미 쳐다볼 뿐 대꾸하지 않았다.

멋쩍어서 씨익 웃고 마는 외수.

하지만 그래도 항아의 눈길은 변함이 없었다. 희한한 물건 본다는 듯이, 뭐 이런 인간이 다 있냔 듯이.

"유모, 눈의 상태를 확인해 보세요."

항아의 말에 뒤따라 나왔던 나이 많은 여인이 앞으로 나섰다. 빙녀들 중 가장 나이가 많은 여인이었으며 외수가 첫 방문을 했을 때 거칠게 막아섰던 그녀였다.

외수는 반야를 의자들이 놓인 곳으로 데려가 편안히 앉혀 주었다.

유모란 여인이 따라와 힐긋 외수를 한 번 쳐다보곤 가만히 의자를 당겨 반야 앞에 마주앉았다.

"어떤지 살펴볼 테니 눈을 크게 떠보아라."

긴장한 듯 쭈뼛거리기만 하는 반야.

외수도 시시도 다소 긴장한 상태로 두 사람을 지켜보았다.

이리저리 손길을 가져가며 반야의 눈을 살피고 손목을 잡아 진기를 통해 조심스레 상태를 확인하는 여인.

적잖은 시간이 흐르고 진력을 운용하던 여인이 비로소 반야의 손을 놓고 호흡을 고르자 외수가 바로 그녀의 기색을 살피며 물었다.

"어떻소?"

슬쩍 돌아보기만 할 뿐 꾹 다문 입을 열지 않는 여인. 그녀의 무거운 표정 탓에 기도하듯 두 손을 모으고 있던 시시는 땀이 맺힐 지경이었다.

"신녀님!"

"말씀하세요."

"독을 당한 것이 맞고, 굉장히 어려운 독입니다."

"치료가 힘들단 말인가요?"

항아의 물음에 외수는 심장이 터질 것 같은 심정으로 여인의 입을 주시했다.

"아닙니다. 본 궁의 설련실을 사용하면 이 아이가 당한 독을 제거할 순 있습니다. 비길 데 없는 만고(萬古)의 영약이니. 한데······."

말을 잇지 못하고 무언가 주저하는 여인.

"괜찮습니다. 말씀을 하세요."

항아가 재촉하자 그녀는 외수를 다시 한 번 쳐다본 뒤 어렵게 말을 이어갔다.

"독은 제거가 가능하지만 시력을 회복할 수 있을지는 장담할 수 없습니다."

"어째서요."

"치명적인 극독은 아니었으나 독을 당한 지 너무 많은 시간이 지난 데다 독성이 워낙 특이하고 난해해 어디까지 가능할진 솔직히 의문입니다."

"그 가능성이 얼마나 되죠?"

"절반 정도의 확률입니다."

"음, 독을 안고 산 세월에 비하면 그리 절망적이진 않군요."

"그렇긴 합니다. 만약 독의 성분을 파악할 수 있어서 완전 해독이 선결된다면 설련실의 효과로 시력 회복 가능성은 더욱 높아지겠죠."

두 사람이 같이 반야를 응시했다.

말없이 흐르는 시간. 반야가 조용히 일어나 항아와 중년 여인에게 인사를 했다.

"고맙습니다. 저를 위해 이렇게 신경 써주셔서. 독의 성분은 할아버지께서 살아계실 때도 알아내지 못한 부분이에요. 절반이나 되는 가능성에 만족하고 다시 한 번 저를 위해 힘써주시는 데 감사드립니다. 만약 치료할 수 없다고 해도 저는 실망하지 않을 거예요."

반야의 말에 외수가 호쾌하게 힘을 실었다.

"그래. 절반이나 되잖아! 난 절반의 실패 가능성보다 절반의 성공 가능성을 믿어!"

중년 여인이 지그시 돌아보며 응대했다.

"맞아. 반반이긴 해도 성공 가능성이 사실 더 높다고 봐야겠지. 치료하고자 든다면 빙궁엔 설련실뿐 아니라 다른 천혜의 영약들도 많이 있으니까."

"하하하! 거 보라고. 반야의 눈은 반드시 고칠 수 있다니까! 하하하하!"

애써 긍정적인 방향으로 분위기를 몰고 가는 외수.

"꽤 오래 걸릴 것이다. 독의 성분이 완전히 제거되지 않은 상태로 모든 신경을 다시 살려놓으려면……."

"상관없어. 최선만 다해줘! 너희 빙정은 내가 반드시 찾아준다!"

"……."

힘이 들어간 얼굴로 항아를 돌아보는 외수.

그녀가 고개를 끄덕였다.

"좋아요. 나도 믿겠어요."

"하하, 고마워. 부탁해!"

외수는 주저 없이 반야에게 손을 내밀었다.

"갈까. 이제 기다리기만 하면 돼."

외수가 바로 나가려고 하자 무안해져 버린 시시가 얼른 항아에게 인사를 했다.

"아름다우신 빙궁의 신녀님께 감사드립니다."

"……"

뜻밖의 인사에 항아가 물끄러미 보기만 했다.

"저희의 위기를 구해주시고, 반야 아가씨의 희망도 가져다주시고. 필요한 것이나 시킬 일 있으면 말씀해 주세요. 정성을 다하겠습니다. 혹시 신녀님께선 바깥출입을 아예 할 수 없으신 건가요?"

시시의 물음에 항아보다 앞서 중년 여인이 인상을 쓰며 반응했다.

"그런 것은 왜 묻는 것이냐?"

"이렇게 뒤채에만 계신 것이 안타까워서요. 중원 전체는 아니더라도 이곳 영홍만 해도 볼만한 명승고적에 다양한 향토 음식들이 아주 많거든요. 중원이 처음이실 텐데 괜찮으시다면 소개도 해드리고 안내도 해드리고 싶어서……"

"됐다! 그런 것은 신경 쓰지 않아도……"

중년 여인의 높아진 언성이 항아가 가만히 손을 드는 바람에 끊어졌다.

가만히 시시를 보는 그녀.

"이름이 뭐죠?"

"내원 시녀 시시라고 합니다."

"고맙군요. 마음을 써줘서. 외부 출입이 불가능한 건 아니지만 반나절 이상은 어렵고, 또한 나간다 해도 보다시피 이목을 끌 수밖에 없는 모습이라 곤란한 점들이 있군요. 마음만 받겠어요."

어릴 때부터 주인 편가연을 섬기며 시녀 생활을 해온 탓에 눈치라면 초극의 고수인 시시였다. 그녀는 빙궁의 신녀가 바깥세상에 흥미가 없지 않단 걸 빠르게 읽어냈다.

"궁주님. 반나절이면 충분하고요, 이목을 끄는 외모 또한 문제가 되지 않습니다. 변장을 하면 되니까요."

"변장… 이라고요?"

"네, 궁주님! 저희 아가씨도 그렇게 바깥바람을 쐬셨거든요."

당황스러운 듯 복잡하게 얽히는 항아의 표정. 반면 시시는 생글생글 웃기만 했다.

"재미있군요. 변장이라니."

그때 중년 여인이 즉각 다시 화를 토했다.

"말도 안 되는 소리! 감히 신녀께 변장이라니. 그걸 말이라고……!"

"유모, 그만!"

제지하는 항아는 손만 들었을 뿐 눈은 시시에게서 떨어지지 않았다.

"호호, 그래서 어떤 변장을 했단 거죠?"

"저처럼 시녀 복장을 했었습니다."

"시녀?"

"네, 호호. 저희 아가씨께선 위협을 무릅쓰고 행한 행동이지만, 궁주님께선 이곳 중원에 노리는 자들이 없을 테니 사람들의 시선을 잡아끄는 그 아름답고 특별한 외모만 감추시면 되지 않을까요?"

"……."

항아가 반응을 않자 시시가 그대로 몰아붙였다.

"호호, 나가신다면 저희 공자님께서 안내는 물론 경호까지 해주실 거예요."

느닷없는 말에 외수는 눈만 껌뻑댈 뿐 입도 뻥끗 못 했다.

어색한 눈길로 외수를 쳐다보는 항아.

반면 시시는 혼자 신이 났다.

"그럼 나가실 때 말씀하세요. 제가 만반의 준비를 해드릴게요. 호호."

여전히 예쁜 미소를 잃지 않는 시시가 꾸벅 인사를 하고 잽싸게 반야의 손을 잡아갔다.

"가세요. 아가씨!"

졸지에 코가 꿰어버린 외수만 엉거주춤한 상태로 남아 항아의 눈치를 봤다.

"하하, 그래. 그래. 나갈 때… 얘기하라고. 언제든지. 하하!"

어색해 뒷머리를 긁적이는 외수. 그는 슬금슬금 뒷걸음질을 쳐 반야와 시시를 쫓아 움직였고, 그때까지 항아는 물끄러미 쳐다보기만 했다.

* * *

극월세가 정문이 난리였다.

"어허, 이놈들이. 내가 여기 궁외수란 놈을 잘 아는 사람이라니까!"

자나 깨나 화평객잔에 죽치고 앉아 극월세가만 주시하고 있던 일월천의 세 호법 벽사우, 풍미림, 역수는 세가 정문에서 일어난 소란에 나른한 눈길을 껌뻑대며 하품까지 해댔다.

"뭐야, 저 못생긴 늙은이는?"

"소교주를 찾는데?"

"그러니까 뭐냐고. 본 기억 있어?"

벽사우의 물음에 역수가 힘없이 고개만 저었다.

"뭐 딱 봐도 극월세가에 뭣 좀 뜯어먹으러 온 인간 같네."

"그렇죠, 누님? 꼴에 그래도 검이랍시고 차고……."

풍미림의 말에 동의하던 벽사우가 갑자기 말을 끊고 자리를 박차고 일어나 눈을 뒤집었다.

"허억!"

"왜 그래?"

풍미림과 역수가 나른함을 지우지 못한 채 굼벵이처럼 반응했다.

"저거……. 저기, 저 검!"

"검이 왜?"

"봐봐, 교주님 검이잖아?"

"뭐어?"

그제야 풍미림과 역수도 눈을 부릅뜨며 자리에서 일어났다.

"틀림없어. 교주의 '진천검(震天劍)'이야."

"정말이네. 그런데 저 늙은이가 왜……?"

"……?"

세 사람은 동시에 자기 입들을 틀어막았다. 너무 놀라 소릴 지를 뻔한 탓이었다.

"뭐, 뭐야. 그럼 저 사람, 아니, 저분이 교주님이시란 말이야?"

"맞아. 틀림없어. 누가 감히 진천검을 본인이 아니고 지닐 수 있겠어."

"엄마야! 어떡해? 못 들었겠지? 특히 네가 못생긴 늙은이라고 했던 말?"

"뭐요?"

풍미림의 호들갑에 벽사우가 째려보았다.

"그런데 왜 교주께서 저기……?"

"왜겠소. 소교주를 만나러 오신 거지. 변체환용을 하고서 말이오."

"그래, 그렇군. 큰일 날 뻔했어. 젠장, 우리가 먼저 알아보지 못했다면 목이 달아날 뻔했잖아."

"어떡해야 되오? 내려가서 뵈어야 되나?"

벽사우가 망설이는 듯하자 역수가 단칼에 잘랐다.

"말도 안 되는 소리! 이 상황에 가서 뵈었다가 목 떨어지고 싶어? 우리가 여기 있는 걸 알면서도 외면하고 가셨는데 어떻게 가서 알은척을 해? 잠자코 있어! 따로 신호를 주시겠지."

이 층 노대 난간 뒤에 쭈그리고 앉아 빠끔 눈만 내놓은 세 사람. 그들은 너무 기가 막혀 혀만 내둘렀다.

"세상에. 교주께서 그럼 지금까지 중원에서 저러고 다니셨단 말이야? 저게 뭐야. 촌티가 팍팍 나는 늙은이가 따로 없잖아?"

"크크큭, 어쩌겠어. 첩혈사왕이란 게 들통나면 중원이 뒤집어질 텐데. 완벽하잖아. 누가 저 꼴을 마도 천하를 지배한 절대자라고 생각하겠어? 킥킥!"

조금 전까지만 해도 바짝 얼어 긴장했던 세 사람이 변신한 궁뇌천의 추레하고 볼품없는 몰골에 자기들끼리 웃음을 참지 못했다.

그럴 만한 게, 겉모습뿐만 아니라 행동과 말 또한 정말 비렁뱅이 영감 같았기 때문이다.

"다들 모가지 잘리고 싶어? 감히 내가 누군 줄 알고 지금까지 여기서 기다리게 하는 게야? 내가 그놈에게 무공을 가르친 사람이라니까!"

"아, 글쎄 영감님! 아무리 그러셔도 저희가 따로 연락받은 게 없는 이상 확인 과정을 거칠 때까지 잠시만 기다리셔야 합니다."

"이것들이?"

"왜요? 어쩌시려고요? 저희와 한바탕 드잡이라도 하시게요?"

위사들을 거느린 정문 위장 태대복이 위압스런 자세로 눈깔을 희번덕거렸다.

그러자 궁외수의 사부로 둔갑한 '천하제일 절대노인(?)' 궁뇌천은 다소 약이 오른단 표정으로 태대복을 마주 쩨려보았다.

하지만 태대복은 대극월세가 정문 위장답게 질 수 없단 자세를 견지하며 더욱 거친 위압감을 표시했다. 무공을 가르친 사부는 고사하고 어디서 반 토막도 안 되는 거지 노인이 허세를 부리냔 듯 여차하면 혼쭐을 내주겠단 자세.

두 사람이 팽팽하게 기 싸움을 벌이고 있을 때 안쪽에서 확인을 하러 갔던 사람이 달려 나오며 소리쳤다.

"태 위장, 안으로 모시란 분부입니다."

그러자 궁뇌천이 바로 태대복의 정강이를 걷어차며 허세를 떨었다.

"봤지? 이제 너 죽었어! 어서 안내해!"

보란 듯이 먼저 안으로 들어가는 궁뇌천.

태대복이 걷어차인 다리를 벅벅 긁으며 고개를 갸웃거렸다. 아무리 봐도 거지노인일 뿐이고 이런 영감에게 궁외수 공자가 무공을 배웠다는 게 믿어지지 않아서였다.

"거참!"

투덜거리며 궁뇌천을 쫓아가는 태대복.

그런데 두 사람이 내원을 향해 외원을 가로질러 가고 있을 때, 그들을 보며 걸음을 멈춘 또 다른 두 사람이 있었다.

"왜 그래?"

사하공과 함께 객잔에 술을 사러 나가던 송야은의 물음이었다.

경직된 채 걸음을 멈춘 사하공. 그는 송야은의 물음에 대답은 하지 않고 휘적휘적 걸어가는 구부정한 노인의 철검에 뚫어져라 눈을 박고 있었다.

"왜 그러냐니까? 아는 사람이야?"

"……."

재차 묻는 송야은의 말이 마치 들리지 않는단 듯 미동도 하지 않는 사하공. 그의 안색은 경직 정도가 아니라 점점 시퍼렇게 질려 몸까지 미세하게 떨 정도였다.

그의 시선을 따라 송야은도 태대복이 안내하는 자의 검을 노려보았다.

"음… 절대신병 중 하나인 것인가."

사하공의 눈은 틀림없이 검에 가 있었고 그가 검을 노려볼 땐 그 이유가 아니고선 없었기에 쉽게 유추할 수 있는 부분이었다.

"녹슨 철검이라……. 겉으로 봐선 전혀 모르겠는걸."

혼자 중얼대는 송야은. 그는 문득 짚이는 게 있는지 갑자기 무서운 눈매를 하고 사하공을 다시 돌아보았다.

"누군가? 원한이 있는 자인가?"

"……."

여전히 대답은 않고 응시만 하고 있던 사하공이 태대복과 추레한 노인이 사라졌을 때에야 혼자 고개를 저어댔다.

"아니야. 아닐 것이야."

"이 사람, 무엇이 아니란 말이야?"

"그래, 아니야. 그 악마가 여기 있을 리가 없지."

숙여진 고개를 연신 가로저으며 애써 부정을 하는 사하공.

누구세요? 51

"이 사람 참 답답하게 구는군. 악마라니. 그 악마가 누군데?"

"됐어! 몰라도 돼! 가기나 해!"

휑하니 돌아서 길을 재촉해 가는 사하공. 하지만 그의 얼굴에 드리운 어둠의 그림자가 지워지지 않고 있단 걸 송야은은 똑똑히 확인하고 있었다.

*　　*　　*

궁외수는 태대복과 함께 걸어오는 노인을 노려보고 있었다. 그는 시시, 반야, 그리고 송일비, 조비연과 함께 마당에 나와 앉아 이런저런 이야기들을 나누고 있던 중이었다.

외수는 갑자기 나타난 영감을 보며 비릿한 미소를 물었다. 뜬금없이 그가 나타난 이유가 뻔하단 생각 때문이었다.

시시가 먼저 그녀다운 반응을 했다.

"어머, 할아버지. 어서 오세요."

"하하하, 오냐오냐. 요 이쁜 것! 그동안 잘 지냈느냐."

시시가 달려와 반기자 궁뇌천은 그녀의 양쪽 볼까지 꼬집으며 예뻐했다.

"네. 여전하시네요. 호호호."

두 사람이 어린아이들처럼 서로를 반기는 가운데 외수는 여전히 심드렁한 표정으로 궁뇌천을 째려보고 있었고, 그가 처음인 송일비와 조비연은 정체가 무엇인지 궁금해 눈을 껌뻑댔다.

"흠, 어디 보자. 이런 쯧쯧! 그간에도 속을 많이 썩였던 게로구나. 저 망할 녀석 때문에."

"어머, 아니에요. 공자님 덕분에 저야 하루하루가 즐거운걸요."

"됐다. 말 안 해도 다 안다. 하루하루는 무슨!"

궁뇌천이 눈을 흘기며 쳐다보자 외수가 비로소 응대했다.

"오랜만이구려, 영감!"

"흥, 의자에 벌렁 나자빠져서 인사하는 꼬락서니하곤. 고연 놈!"

궁뇌천의 자극에 외수는 말려들지 않았다.

"어째서 혼자요? 그 짝귀란 주둥이 허연 당나귀는 어쩌고. 잡아먹었소?"

"지랄한다."

"아님 팔아치웠나? 돈 떨어졌소?"

"뭐야?"

"후훗, 왜 인상은 쓰고 그러시오. 돈 떨어지면 나타나는 영감이었잖소."

"이 짜식이?"

외수를 내려다보는 궁뇌천. 오랜만에 만난 아들 녀석이지만 자신을 드러낼 수 없는 답답함에 속이 부글부글 끓기

누구세요? 53

만 했다.

　수상한 분위기. 시시가 얼른 끼어들었다.

　"할아버지, 이쪽으로 앉으셔요. 우선 차부터 드릴게요."

　"그래, 오냐오냐."

　궁뇌천이 시시가 가리키는 외수 맞은편 자리로 향했다. 그러다가 송일비와 나란히 선 비연을 보곤 물었다.

　"흠, 네가 편가연이냐?"

　시시가 얼른 손사래를 쳤다.

　"아니에요, 할아버지! 여기 비연 아가씨와 송 공자님은 궁 공자님의 친구분들이시고요, 가주이신 편가연 아가씨께선 위에 계셔요. 전에 남궁세가에서 보셨는데 기억 안 나세요?"

　"그랬었나. 흠, 내가 좀 취했었던 모양이군. 비슷한 것 같기도 해서."

　궁뇌천은 긴가민가 다시 한 번 조비연을 뚫어져라 훑었다.

　그때 마침 편가연의 목소리가 들렸다.

　"시시!"

　"어머, 아가씨?"

　"손님이 오신 거였어?"

　"네, 아가씨! 기억하시죠? 전에 남궁세가에서 뵈었던, 공자님과 인연을 맺은 영감님이세요."

　호위무사들과 시녀들을 거느리고 내려온 편가연이었다. 그녀는 서슴없이 궁뇌천에게 인사를 했다.

"오랜만에 뵙습니다. 강녕하셨는지요."

궁뇌천의 눈길이 다시금 편가연을 훑었다.

"흠, 그래. 너였지. 재수 왕창 없는 아이가!"

"네?"

"저 재수 없는 놈과 혼인 약조를 한 너 말이다."

당혹스런 편가연. 그러나 예전에도 당혹스런 말만 했기에 편가연은 그녀답게 동요되지 않았다.

"어머, 농담이시죠? 궁 공자님은 제게 여전히 행운을 가져다주시는 분인걸요."

"뭐냐, 얼굴을 보니 정말 혼인을 할 생각인 모양이로구나?"

"당연한 말씀을. 선친이 맺어준 인연을 어찌."

궁뇌천의 눈초리는 점점 기울어졌다.

"부친이 정한 인연이 아니라면 파기할 용의는 있단 뜻이냐?"

"네?"

편가연의 표정이 결국 일그러졌다. 자꾸 이상한 쪽으로 몰아가는 것이 못마땅한 탓이다.

"아니요. 저는 공자님을 사랑하는걸요. 그럴 일은 절대 없답니다."

당찬 편가연의 말에 눈이 동그래진 것은 외수와 시시였다. 전혀 생각지도 못한 대답. 그녀의 입에서 그 같은 말이 튀어

나올 것이라곤 전혀 상상 못 해본 일이었다.

"오호, 그래?"

"네!"

재차 자신 있게 대답을 해놓고도 쳐다보는 시선들 때문에 편가연의 뺨은 다소 상기되어 붉게 물들었다.

지그시 외수를 돌아보는 궁뇌천.

조금 민망해진 외수가 바로 헛기침을 하며 화제를 돌렸다.

"거참, 별걸 다 상관하는군. 주책 그만 떨고 앉아 차나 드시오."

"킁! 거지발싸개 같은 놈! 그 꼴에 여복은 터졌구나."

"시끄럽소. 영감 말은 아무리 늘어놔도 안 믿으니까. 그나저나 여기까지 찾아온 용건이 뭐요? 재수 없단 내 면상 보러 온 건 정말 아닐 테고, 돈이 필요하면 그냥 말하시오. 줄 테니까."

외수는 직접 차를 따라주었다.

"흥, 돈방석에 앉았다 이거냐?"

"후훗, 그게 아니라 이래저래 벌어놓은 돈이 좀 있소."

"왜, 나 주려고?"

"흐흐, 꿈도 야무지시구려. 설마 그랬을 것 같소?"

"……."

"그냥 생각지 않게 생겼소. 좀 많이. 그래서 영감 끼니 걱정 안 할 정돈 줄 수 있단 뜻이오."

"됐다, 이놈아!"
"그럼 뭐요? 그게 아니라면 나타날 이유가 없잖소."
물끄러미 외수를 노려보는 궁뇌천. 속으로 한숨을 쉰 뒤 조용히 뇌까렸다.
"네놈, 설치지 말고 조용히 처박혀 살란 말을 하러 왔다."
"응?"
뜻하지 않은 말에 외수가 눈을 껌뻑댔다.
"공동파 아이들은 왜 죽였느냐?"
"……."
싸늘히 식는 외수의 눈초리.
"뭘 째려보느냐. 네놈은 최대한 숨죽이고 살아야 제명대로 살 수 있다고 내가 말하지 않았더냐. 그런데 왜 나대고 다녀?"
"영감, 정체가 뭐요? 왜 나에게 그리 관심이 많지?"
"이 자식이! 신경을 써줘도 난리냐?"
뜨끔한 궁뇌천이었다. 무어라 할 것인가.
내가 네 애비다. 나는 일월천의 교주 첩혈사왕이고 너는 내 피를 이어받은 영마다. 어찌 말할 것인가. 마음이야 싹 다 털어놓고 일월천으로 데려가 꼼짝도 못하게 묶어놓고 싶지만 그게 쉽지 않다.
또, 그렇게 한다고 따를 녀석도 아닌 것이다. 대여섯 살 어린아이도 아니고 이미 대가리가 커질 대로 커진 녀석.

아이를 낳고 죽어가던 아내를 생각하면 더없이 소중한 녀석이지만, 자신의 피를 받고 태어난 탓에 잘해주기는커녕 세상과 단절시킨 채 자기 삶조차 제대로 살지 못하게 속박하지 않았던가.

 보고 있자니 가슴이 아프고 미어져 버릴 것 같다. 차라리 맘껏 휘젓고 살라 말해주고 싶지만 그것 역시 녀석에게 독이 되고 말 것.

 답답한 궁뇌천은 가만히 편가연을 돌아보았다. 극월세가란 엄청난 부(富)를 지닌 데다 빼어난 자태에 충분한 교육까지 받은 아이. 거기에 외수의 예측할 수 없는 기운을 붙잡아줄 시시란 아이까지 있으니 녀석에겐 더없이 좋은 환경이다.

 '놈이 그저 이곳에 묻혀서 있는 듯 없는 듯 조용히 살 수만 있다면……'

 다시 한 번 깊은 침음을 삼킨 궁뇌천은 편가연에게 나직이 물었다.

 "너와 극월세가를 위협하는 흉수들은 찾았느냐?"

 뜻밖의 질문과 갑자기 바뀐 태도에 편가연뿐 아니라 외수도 이채를 띠며 노려보았다.

 "아, 아직……"

 당혹스러워 미적거리는 편가연.

 "무슨 소리냐. 지금까지 흉수들이 누군지 파악하지 못했단 뜻이냐?"

궁뇌천으로선 외수 몰래 뒤에서 흉수들을 처리해 주려던 생각이었기에 이해할 수 없단 얼굴로 거침없이 질문을 이었다.
"의심 가는 놈도 없는 것이냐?"
왜 이런 것을 묻는지 의문인 편가연으로선 자꾸 머뭇댈 수밖에 없었다.
"네. 너무 치밀하고 감쪽같은 자들이어서."
"음!"
다시 외수를 돌아보는 궁뇌천. 녀석이 영마지기를 폭발시키기 전에 자신이 먼저 정리하고 싶은 마음뿐이었다.
보다 못한 외수가 나섰다.
"정말 관심이 많구려. 왜 그러는 것이오?"
"흥! 도와주려는 것도 불만이냐?"
"……."
빤히 노려보는 외수. 노인의 무력은 이미 확인한 바였다. 스스로 천하제일인이라 말할 정도인 그의 무력.
의도가 무엇인지 궁금한 외수가 빤히 노려보고 있을 때 궁뇌천 역시 그사이 외수에게서 일어난 변화를 읽고 있었다.
몸에서 느껴지는 기운. 내공.
그 크기로 보아 스스로 터득했을 린 만무했고 자신이 가르치거나 전한 적도 없으니 분명 누군가로부터 옮겨진 것이란 것을 궁뇌천은 바로 알아보았다.

눈을 떼지 않는 외수. 지그시 눌러서 보는 궁뇌천. 두 사람이 이해 못 할 눈싸움을 벌이고 있을 때 그 사이를 가녀린 목소리 하나가 끼어들었다.

"누구세요, 아저씬?"

"응?"

아저씨?

외수와 궁뇌천이 동시에 놀라며 시선을 옆으로 가져갔다.

외수 옆 그와 나란히 앉은 반야였다.

물끄러미 고정된 시선. 마치 없는 사람처럼 너무도 조용히 앉아 있었기에 궁뇌천은 전혀 의식을 하지 못하고 있었었다.

이제야 그녀를 보았단 표정인 궁뇌천.

"누구냐, 너는?"

"……."

잠시 그대로 마주 궁뇌천을 응시하던 반야가 가만히 일어나 고개를 숙여 인사를 했다.

"염반야라고 합니다."

뜨끔했던 궁뇌천이 말없이 보고만 있자 외수가 덧붙였다.

"동생 같은 아이요. 낭왕 염치우 대협의 손녀이고, 앞을 보지 못하니 이해하시오."

"……."

앞을 보지 못한다?

여전히 반야에게 눈을 두고 있는 궁뇌천.

그때 시시가 웃으며 반야에게 말했다.
"호호, 아가씨. 아저씨가 아니고 할아버지세요."
그러나 이상하단 듯 궁뇌천을 마주 응시할 뿐 반응하지 않는 반야.
외수가 물었다.
"왜 그래, 반야?"
"공자… 님!"
"응?"
"아버님이 계시다고 했죠?"
"응, 그랬지."
"지금 어디 계시죠?"
"곤양, 고향 땅에 있겠지."
"어떤 분이세요?"
"왜 그게 궁금해? 갑자기?"
"공자님만큼 무서운 기운을 지닌 분인가요?"
이어지는 반야의 질문에 궁뇌천의 눈이 점점 커졌다. 이건 뭔가 싶은 그였다.
"흐흐, 아냐. 재주 없는 도박꾼에다 주정뱅이 호색한인걸."
찔끔한 궁뇌천. 도박꾼에 주정뱅이 호색한.
외수가 경계하는 빛으로 눈치를 보는 반야를 이상해하며 그녀와 궁뇌천을 번갈아 쳐다보다 다시 확인했다.
"왜 그래? 무슨 문제 있어?"

"아니에요. 앞에 마주하신 분이 공자님과 너무 닮아서요."
"응, 뭐라고?"
외수뿐 아니라 시시와 편가연도 이해하지 못해 고개를 갸웃했다.
"공자님과 너무 닮았어요. 기운이!"
"뭐?"
"마치 폭발 직전의 화산처럼 응축된 굉장히 무섭고 두려운 그… 기운! 공자님과 똑같아요!"
점점 머릿속이 뒤엉키는 궁뇌천. 그가 결국 낮고 무겁게 입을 열었다.
"무슨 소리냐. 네가 내 기운을 읽는단 말이냐?"
자신의 내력과 선천지기를 완벽히 갈무리하고 있는 궁뇌천이었다. 그의 경지에선 어려운 일도 아니었다. 한데 무공이라곤 익힌 흔적도 없는 아이가 내공 고수들도 읽지 못하는 자신의 기운을 완벽히 읽어내고 있으니 어찌 기가 막히지 않을까.
반야의 대답은 간결했다.
"네. 느껴지는걸요."
"흠, 그래? 자세히 말해보아라. 어찌해서 너 같은 어린아이가 내 기운을 감지할 수 있는지 궁금하다."
궁뇌천의 목소리는 특별할 것이 없었으나 반야는 슬그머니 목을 움츠리며 외수의 손을 꼭 잡아갔다. 겉으로 드러나지 않는 두려움을 느낀 탓이다.

반야는 외수의 손에서 전해지는 따뜻한 기운에 의지한 채 고자질하듯 대답했다.

"저의 할아버지보다 더 무서운 힘을 담고 있는 분이에요. 몇 배나 더!"

"응?"

"지금까지 제가 본 사람 중에 가장 무서운 사람이에요."

"......"

궁뇌천을 응시하는 외수. 받아들이기 힘든 말이었기 때문이다. 낭왕 염치우보다 몇 배나 더 강하단 말이 와 닿지 않았다.

궁뇌천이 바로 능청을 떨었다.

"흐훗, 왜 그런 눈초리로 보는 게냐. 말했을 텐데. 이 몸이 천하제일인이라고. 껄껄껄!"

시시야 익숙한 능청이었지만 편가연과 송일비, 조비연은 놀란 표정을 감추지 못했다.

천하제일인? 설령 허풍이라고 해도 스스로 천하제일을 말하다니. 거기다 지금까지 반야의 말이 틀린 적이 없었기에 더욱 충격적이었다.

단순히 고수가 아니라 낭왕보다 몇 배나 강한 사람? 과연 그런 자가 있을 수 있단 말인가.

그것도 작고 꾀죄죄한 몰골에 낡고 녹슨 철검 한 자루가 전부인 허름한 노인이.

도대체 정체가 뭐기에.

궁금한 걸 못 참는 송일비가 즉시 확인을 하고 나섰다.

"영감님은 뉘시오? 누구신데 그처럼 단호히 천하제일을 주장할 수 있단 말이오?"

게슴츠레 돌아가는 궁뇌천의 눈.

"왜, 믿고 싶지 않느냐?"

"믿고 싶지 않은 게 아니라 믿을 수 없는 말이잖소. 그게 말이 됩니까?"

"그럼 어떤 게 말이 되는데?"

"적어도 작은 무엇이라도 알려진 게 있어야 하는 것이잖소. 인간의 범주로 가능한 초극에 이르렀다는 무림삼성이나 낭왕보다 더한 능력을 지닌 분이라면 당연히 말입니다. 한데 난 그런 사람이 있다는 걸 들어본 적이 없소."

"그럼 너 같은 녀석을 위해 일부러 티를 내고 다녀야 한단 말이냐?"

"그, 그건 아니지만 너무 말이 안 돼서……."

궁뇌천의 눈초리에 찔끔한 송일비.

궁뇌천은 거들떠보지 않고 다시 반야에게 눈을 돌려 고정했다.

신기한 아이. 외수의 손을 꼭 잡고 있는 모습. 외수와의 관계가 당장 궁금해졌다.

"낭왕이란 자의 핏줄이라고? 이 녀석과는 어떻게 엮인 관계냐?"

눈치를 보는 반야를 대신해 외수가 대답했다.

"그녀의 할아버지, 낭왕의 희생으로 내가 살아 있소."

외수의 대답에 궁뇌천의 안면에 힘이 들어갔다.

왜 아니 그럴까. 목숨을 빚졌다는데.

"희생?"

"그렇소. 나를 구하려다 돌아가셨소."

궁뇌천으로선 몰랐던 사실이었다. 후기지수대회를 치르던 남궁세가에서 단상의 낭왕을 본 적이 있었고 일원무극공이란 자신의 신공을 상으로 내걸던 기억도 또렷했다.

"네가 지닌 내공이 그의 것이냐?"

"그렇소. 내게 심법과 내력을 남겼소."

"음."

다시 반야를 응시하는 궁뇌천. 그녀가 달리 보였다.

"무서워할 것 없다. 내가 강한 기운을 가졌다고는 하나 너와 너희에게 위협이 될 까닭이 없다."

자연스레 부드러워진 궁뇌천의 표정과 말투.

그런데 반야의 대답은 또 한 번 궁뇌천을 놀라게 했다.

"네, 알아요."

"알아?"

"네. 굉장히 무섭고 두려운 기운을 가진 분이지만 공자님을 향한 기운만은 더없이 자애롭고 따스하단 것을요. 마치 친아들을 대하는 것처럼."

자기도 모르게 외수와 시시를 슬쩍 돌아봐야 했을 만큼 뜨끔한 궁뇌천.

분명 특별한 능력이었다.

'녀석, 나쁜 것만 타고난 줄 알았더니 이런 복은 있었군.'

속으로 흐뭇한 미소를 삼킨 궁뇌천은 다시 한 번 시시와 편가연, 그리고 송일비와 조비연까지 찬찬히 돌아보았다.

'그래, 어쩌면 이들의 도움으로 살아남게 될지도.'

결국엔 외수를 일월천으로 데려가야 할 것이라 생각하고 있었던 궁뇌천이었다. 영마로서 혼자 견뎌내기엔 너무나 가혹한 운명, 혼자 살아가기엔 너무나 벅찬 땅이기 때문에.

그런데 지금 이 순간 조금씩 생각이 바뀌고 있었다. 강제로 데려다놓고 억압된 삶을 살아가게 하느니 차라리 섭위후의 말처럼 순리에 맡겨 제 놈 스스로 길을 찾도록.

알아서 부딪치고 스스로 극복하기를. 그래서 또 다른 운명을 찾기를.

궁뇌천은 그게 가능할지도 모른단 생각이 들었다. 예상과 달리 녀석은 잘 버티고 있는 셈이지 않은가. 무공과 내력, 영마로서 폭주할 보는 소선이 갖춰셨음에도 본성을 터뜨리지 않고 있었다. 그것은 분명 지금 옆에 있는 아이들의 영향일 것.

"시력은 어째서 잃은 것이냐?"

갑작스런 물음에 반야가 눈을 껌뻑댔다.

외수가 머뭇거리지 않고 바로 대답했다.

"어릴 때 당한 독 때문이오."

"독?"

"그렇소. 그녀에겐 아픈 기억이오. 살인마로 인해 부모님까지 잃었으니까."

"흠……."

더 말하기가 곤란해진 궁뇌천이 물끄러미 반야를 보며 안타까움을 삼켰다.

그때 궁뇌천에게 집중해 있던 시시가 끼어들었다.

"할아버지, 상심하지 마세요. 반야 아가씨의 시력은 되찾을 희망이 생겼으니까요."

"응? 어떻게?"

"호호, 해독이 가능할지도 모를 영약을 얻게 생겼거든요."

활짝 웃는 시시.

궁뇌천의 표정은 변화가 없었다. 시시의 말은 단지 가능성을 이야기하는 것일 뿐이었고, 독에 대해서도 상당한 지식을 가진 그로선 지금까지 치료를 못한 반야의 상태를 충분히 미루어 짐작할 수 있었기 때문이다.

독이란 그 즉시 해독을 못하면 시간이 지날수록 점점 완전한 제거가 어려워지는 것. 적어도 눈같이 예민한 신경조직에 고착된 독이라면 그 가능성이란 이미 물 건너간 것인지도 몰랐다.

"손을 내밀어라!"

궁뇌천의 말에 모두가 놀랐다. 그게 무슨 뜻인지 알기에 모두 머뭇거리는 사이 시시가 얼른 반야의 손을 잡아 이끌었다.

"아가씨, 어서 손을!"

"무서워 마라. 네 상태를 확인하려는 것뿐이다."

궁뇌천이 시시가 끌어다 내민 반야의 손을 살며시 받아 쥐고 즉시 진기를 운용했다.

움찔거리며 당황하는 반야. 불안해 자꾸만 쳐다보는 그녀를 외수도 안심시켰다.

"괜찮아. 호흡을 차분히 해."

그제야 반야는 꼭 붙잡고 있던 외수의 손을 놓고 마음을 편히 다스렸다.

온몸을 엄습하는 기운. 반야는 할아버지 낭왕의 진력과는 완전히 다른 무시무시한 기운을 느끼며 가만히 눈을 감았다.

궁뇌천의 진기 운용은 오래 걸리지 않았다. 독의 상태를 확인한 그는 바로 눈을 뜨고 인상을 찌푸렸다.

"음!"

좋지 않은 기색의 궁뇌천. 외수가 바로 물었다.

"어떻소?"

"음, 가능성은 있다."

확 커지는 외수의 눈.

"정말이오?"

"그래. 다만 어떤 영약인지 몰라도 약을 쓰기 전에 독을 먼저 제거해야 한다."

"알고 있소. 단지 독성을 몰라 해독을 못 할 뿐이오."

"어떤 독인지 알 것 같다."

"……!"

생각지도 못한 말에 아예 뒤집어질 듯 경악하는 외수. 시시와 반야도 놀람을 금치 못했다.

"그, 그 말 정말이시오? 정말 어떤 독인지 알겠단 말이오?"

주위 반응과 상관없이 궁뇌천은 묵묵히 고개만 끄덕였다.

"어떻게 말이오? 어떻게 독의 성분을 안단 말이오?"

"독의 성분을 안다곤 하지 않았다. 어떤 독인지 알 것 같다고 했지."

"어떤 독이오?"

조급한 외수.

하지만 궁뇌천은 명쾌히 답하지 않았다.

"짐작 가는 바가 있을 뿐 확인을 거쳐야 한다."

"……"

외수가 의중을 파악하려 뚫어져라 노려볼 때 궁뇌천이 무심히 외면하고 일어났다.

"왜 일어나시오? 가려는 거요?"

놀란 외수가 황급히 따라 일어났다.

"왜, 이젠 갈까 봐 겁나냐?"

"그, 그게 아니라……."

"저쪽으로 이 아일 데려오너라. 내가 독을 태워보겠다."

"예에?"

이렇다 저렇다 말 없이 작은 평상이 놓여 있는 곳으로 걸어가는 궁뇌천.

놀란 외수 대신 보고 있던 시시가 이번에도 먼저 반응해 반야의 손을 잡아 이끌었다.

"아가씨, 가세요."

외수도 반야도 어리둥절하기만 했다.

마도의 절대자 풍모라곤 조금도 느껴지지 않은 구부정한 늙은이 모습을 하곤 휘적휘적 걸어가 먼저 자리를 잡는 궁뇌천.

무언가 신이 난 시시가 억지로 떠밀듯 반야를 인도하고 외수와 편가연 등이 줄줄이 따라 이동했다.

제법 큰 그늘을 드리운 정원수 아래 평상.

"등이 보이게끔 앞에 앉혀라."

가부좌를 틀고 앉은 궁뇌천의 말에 상기된 얼굴로 쫓아온 외수가 다시 질문을 했다.

"정말 가능한 것이오?"

쨰려보는 궁뇌천.

"그럼 내가 헛짓거리를 하고 있는 것처럼 보인단 말이냐. 앞에 앉히기나 해라. 완전히 제거할 순 없어도 오래도록 고착된 독을 어느 정도 녹여 태워낼 수 있다."

"아!"

감탄을 터뜨리지 않을 수 없는 외수. 흥분한 심정을 얼굴 가득 드러냈다.

그러는 사이 마찬가지로 흥분한 표정의 시시가 서둘러 반야를 궁뇌천 앞으로 이끌었다.

"아가씨, 걱정 말고 앉으세요. 이런 행운이 오는 건 하늘도 아가씨의 눈이 치료되길 바라는 거예요."

하지만 반야의 입장에선 초면인 데다 느닷없이 벌어진 일이라 주저하며 머뭇댈 수밖에 없었다.

망설이는 그녀를 보며 궁뇌천이 말을 이었다.

"걱정하지 마라. 네가 내공을 익혔으면 훨씬 수월하겠으나……. 아주 천천히 조심스럽게 독을 태울 테니 시간이 걸릴 뿐 과하게 아프진 않을 게다."

"감사드립니다. 생면부지인 저에게 이 같은 은혜를 베푸시다니 두고두고 보은하겠습니다."

"허허, 그래그래. 편안히 앉기나 해라."

시시의 손길을 따라 등을 보이며 궁뇌천 앞에 걸터앉는 반야.

"통증이 느껴지더라도 인내해야 한다."

"네."

앉은 자세만큼이나 다소곳한 반야의 대답.

"그리고 또, 눈물이 적잖이 흐를 것인즉 그 역시 동요하지 말고."

"네, 알겠습니다."

"그럼 시작하마. 시시는 수건을 준비해서 흐르는 눈물을 닦아주도록 해라."

"네, 할아버지!"

즉시 시시가 다른 시녀들로부터 깨끗한 수건들을 챙겨 대기했다.

진기 운용을 시작한 궁뇌천이 뒤에서 감싸듯이 두 팔을 뻗어 반야의 눈을 덮어갔다.

모두가 긴장한 상황. 누구도 숨소리조차 흘리지 않고 궁뇌천을 주시했다.

츠츠츠츠······.

막대한 진기가 운용됨에 따라 반야의 표정은 조금씩 일그러졌고 궁뇌천의 전신에서도 더운 기운이 아지랑이를 피웠다.

낭왕 염치우가 십수 년에 걸쳐서도 치료 방법을 찾아내지 못한 독. 말을 하지 않았을 뿐 궁뇌천은 그 독의 정체를 알고 있었고 그래서 손을 쓰는 것이 가능했다.

외수도 그 부분에 대해 의문이었으나 반야의 치료가 우선이라 일언반구하지 않는 것이었다.

  모두가 좋은 결과를 학수고대하며 지켜보는 그 순간. 미처 준비하지 못한 뜻밖의 사태가 날아들어 극월세가 전체를 뒤흔들어 놓았다.

第三章

두 번째 싸움

감히 나도 안 건드리는 내 아들을 건드려?

―화를 주체하지 못하는 궁뇌천

"궁.외.수!"

대단히 독이 오른 고성. 벽력이 치는 것 같은 거대한 사자후(獅子吼)였다.

삐익 삑, 다급한 위급 사태를 알리는 호각 신호가 사방에서 요란하게 울리고 그 심상찮은 술렁임에 외수가 고개를 돌렸다.

"……?"

"뭐야, 무슨 일이지?"

송일비와 조비연이 동시에 반응했고, 편가연과 시시 등도 정색을 하며 외원 쪽을 돌아보았다.

"침입자가 있는 모양입니다, 아가씨!"

내원호위장 온조가 즉시 위사들과 같이 편가연을 둘러쌌다.

명백히 침입자를 알리는 위급 신호.

외수도, 송일비도, 조비연도 안색이 굳어갔다.

"웬 놈이란 말이야, 하필이면 지금 이때?"

송일비가 언짢단 듯 안면을 실룩이며 불평을 하자 외수가 궁뇌천과 반야를 돌아보았다.

여전히 치료에 집중하고 있는 두 사람.

"시시!"

"네, 공자님!"

"떨어지지 말고 반야의 치료를 도와줘!"

"알겠습니다, 공자님!"

수건을 든 시시가 긴장한 상태로 입술을 꼭 깨물어보였다.

외수는 위사들을 뚫고 천천히 앞으로 나아갔다.

내원을 향해 달려오는 게 확연한 호각 소리.

외수는 정원 탁자에 걸쳐둔 자신의 무극검을 천천히 집어들고 외원 쪽을 노려보았다.

아니나 다를까, 얼마 지나지 않아 맹렬한 속도로 쏘아져 오는 인영들을 확인힐 수 있었다.

"저들은?"

송일비가 날아오는 자들을 알아보고 두 눈을 부릅떴다. 외수도 조비연도 알고 있었고, 그 폭풍을 몰고 오는 것 같은 사나운 기세에 차갑게 심장을 추슬렀다.
"궁외수, 이노옴!"
점창일기 구대통의 진노에 찬 고성.
송일비가 두렵지 않은 척 콧방귀를 뀌며 비아냥대는 태도를 보였다.
"흥, 저 노괴들이 또 무슨 일이래? 목 찢어지겠네. 지랄!"
깊은 심연에 가라앉은 듯 무거운 눈초리로 쏘아보는 외수는 마치 싸울 준비를 마친 사람 같았다.
으스르뜨릴 듯 검을 움켜쥔 손아귀, 당장이라도 치달려나갈 듯 한쪽 발을 슬그머니 내디뎌 굳건히 선 자세가 대단히 전투적이고 맹렬하단 감을 지울 수 없었다.
싸움에 대한 직감. 외수는 피할 수 없는 생사혈투가 벌어질 것을 온몸으로 인지하고 있었다.
무림삼성이 쏘아져오는 속도는 맹금(猛禽)이 따로 없었다. 그들을 쫓아오는 위사들이 보이기는커녕 요란하게 불어대는 호각 소리마저 그들을 따라붙지 못하는 느낌이었다.
극월세가 전체를 울리는 성난 사자후뿐만 아니라 쏘아져오는 도중에 검까지 빼드는 무림삼성.
그 의미는 결단코 누군가를 앞뒤 재지 않고 죽이겠다는 것.
"온 호위장! 편 가주를 안으로 데리고 들어가시오!"
온조를 향해 외수가 나직이 뇌까린 말.

온조는 즉시 이행하려 했으나 그럴 수 없었다. 편가연이 겨우 몇 걸음 떠밀려 물러났을 뿐 쏟아져 오는 무림삼성을 노려보며 꿈쩍도 하지 않았다.

외수는 살갗에 바늘이 돋는 느낌을 가졌다. 가파르게 일어나는 적의(敵意)였다.

외수는 터질 듯이 팽창하는 전신의 힘을 모아 일성 고함을 터뜨렸다.

"멈— 춰!"

구대통의 사자후에 결코 뒤지지 않는 고성. 그 바람에 외수 전면 공간이 일그러지는 것 같은 현상이 빚어졌다.

공력에 휩쓸린 대기가 살기를 싫은 그대로 무림삼성을 덮쳤다.

"이놈이!"

구대통이나 무양, 명원이 그 일갈로 하루가 다르게 늘어가는 외수의 무서운 공력을 절실히 자각했다.

"반드시 도륙하고 말리라!"

쏟아져 오는 그대로 여지도 없이 검을 내쳐오는 구대통. 주변의 다른 이들의 피해는 생각도 않을 만큼 그가 표출한 강기는 무지막지했다.

정확히 힌 겸을 목표로 날아드는 검.

더 이상 보고 있을 수만은 없이 가까워졌을 때 외수도 기어이 발검을 했다.

쓰르릉!

그리고 그 순간 무극검의 검린이 발출됐다.

쉬이이익!

반야의 독을 제거하는 이 중요한 시간, 무림삼성의 위압적이고 포악한 행동을 잠깐이라도 지체시키겠단 단호함이었다.

여섯 줄기나 되는 검의 편린들이 선두의 구대통을 덮쳐 갔다.

"소용없다! 수작마라, 이놈!"

쾅! 카앙! 카카칵!

이미 무극검의 모용을 알고 있는 구대통이 별 어려움 없이 받아치고 회피하며 곧장 외수에게로 날아들었다.

접전을 피할 수 없는 상황. 그럼에도 외수는 전혀 흔들리지 않았다.

한 번 싸워보았기 때문일까. 꾹 다문 입, 매섭게 노려보는 눈매가 어디 해볼 테면 해보라, 얼마든지 싸워주겠다 소리치고 있는 것 같았다.

"이놈! 죽어라!"

싸움에 대한 기억은 구대통이라고 다르지 않았다. 영마로서 폭주하는 놈을 보았기에 미처 날뛰기 전에 일말의 여지도 주지 않고 죽이겠단 각오였고, 일검에 깔끔하게 끝내기 위해 최대한의 공력을 실었다.

누구도 막을 수 없을 듯했다. 구십 년이 넘는 세월을 살아오면서 점창(點蒼)의 온갖 고절한 신공들을 극성으로 익힌 구대통이었다.

가히 하늘을 베고 땅을 가르는 일검.

콰콰쾅!

구대통이 외수를 덮쳤을 때 보이는 건 아무것도 없었다. 폭렬하는 강기의 번쩍임에 눈이 시렸고 격돌하는 굉음에 귀가 먹먹했다.

단 일격, 단 한 번의 격돌이었다. 주변의 모든 것이 같이 쓸려 날아갈 것 같은 엄청난 위력.

"이런 빌어먹을… 놈!"

외수가 있던 자리에 검격을 가한 구대통이 검을 내친 그 자세 그대로 멈추어 서 있었다.

일그러진 인상. 내뻗은 검끝이 파르르 떨고 있었다.

'공자… 님?'

궁뇌천과 반야를 돕고 있는 시시는 돌아보지 않을 수 없었다. 격돌의 굉음이 도저히 돌아보지 않곤 못 배기게 만든 탓이다.

그것은 독을 제거하고 있는 반야도 마찬가지였다. 전신을 움츠릴 정도로 놀랐고 상황이 궁금했다. 보이지 않는 눈이지만 뜨고 두리번거리기라도 하고 싶은 마음이 굴뚝이었다.

하지만 뜰 수가 없었다. 정말 눈물이 흐르고 있는 눈이었다.
　아프고 쓰린 눈. 반야는 그것이 눈물만이 아니란 것을 느끼고 있었다. 어느 때부터 눈물에 매캐한 냄새가 섞여 있었다.
　"신경 쓰지 말고 둘 다 집중해! 내가 진기를 거둘 때까지 흐트러지면 안 돼!"
　궁뇌천의 말에 반야도 시시도 번쩍 정신을 차렸다. 시신경에 침투한 독을 태워내는 굉장히 어렵고 조심스런 일. 한순간도 방심해선 안 되는 일이었기에 시시도 반야도 다시 마음을 다잡았다.
　"어머, 검은 빛깔의 눈물이 흘러요."
　궁뇌천의 손이 가린 반야의 눈을 보고 놀란 시시.
　"푸른색도 보이고요."
　"그래, 진기에 의해 태워진 독성이다. 얼른 닦아주어라."
　"네, 네."
　시시는 외수가 걱정되는 마음을 일단 접고 목까지 타고 흐른 반야의 눈물을 황급히 닦아갔다.

　외수는 무려 오 장 가까이 날아가 편가연을 호위한 위사들 속에 처박혔다.
　"공자님?"
　"궁 공자?"

편가연도 온조도 놀란 마음을 진정하지 못하고 외수를 부축해 일으켰다.

"젠장!"

투덜거리며 일어나는 외수. 그가 툭툭 소매의 먼지를 털며 일어나는 것을 본 편가연은 자기가 죽다 살아난 심정을 떨치지 못했다. 튕겨져 날아와 처박힐 땐 이대로 끝난 것이 아닐까 심장이 덜컥 주저앉았던 그녀였다.

"다치지 않았어요?"

옆에 붙어서 물어보는 그녀를 외수가 돌아보고 묵묵히 고개를 끄덕였다.

"안 되겠어요. 왜 그러는지 제가 나서야겠어요."

얼굴이 시뻘겋게 달아올랐을 만큼 놀라고 화가 난 편가연이 바로 앞으로 나가려 하자 외수가 그녀의 팔을 붙들었다.

"내 일이야. 물러나. 내가 해결해!"

"하지만……?"

"그리고 말로 통할 분위기가 아니야. 봐, 기필코 죽이겠다고 눈이 뒤집혔잖아."

"왜, 왜 저러는 거죠? 도대체 왜?"

"모르지!"

편가연을 제쳐두고 앞으로 성큼성큼 나서는 외수.

그때까지도 구대통의 뻗은 검은 미세하게 떨리고 있었다.

구대통은 믿을 수 없었다. 궁외수가 자신의 최대 공력을 받아쳤다는 게. 그것도 영마기(靈魔氣)가 폭발하지 않은 상태에서.

"이, 이놈, 낭왕의 일원무극공을 극성까지 다 익혔구나?"

검은 물론 노려보는 눈동자와 목소리까지 떨고 있는 구대통.

너무도 멀쩡했다. 극심히 떠밀려가긴 했으나 옷자락 하나 베어지지 않은 모습.

"극성? 그게 어디까지의 수준을 말하는 건지 모르겠지만 일원무극공의 운용법을 이해하긴 했소."

전혀 동요 않는 모습으로 걸어오는 외수의 쓴웃음은 너무도 차분하고 냉정해 차라리 시려 보이기까지 했다.

"극악한 놈! 이렇게 되기 전에 처단했어야 하는 것을!"

통탄하듯 자책을 하는 구대통.

그때 평소 침착하고 냉정했던 무양이 가차 없이 신형을 날렸다.

"아직 늦지 않았다. 이제라도 끝내면 될 일!"

곤륜파 운룡대팔식(雲龍大八式), 화산파 암향표(暗香飄)와 더불어 정파 최고의 보법이라는 제운종(梯雲從)과 같이 매서운 파공성을 일으키는 무양의 장검이었다.

그의 태극검이 펼쳐내는 검경은 과연 태산북두 무당파의 제일검다운 위력, 폭풍에 쓸린 노도가 밀어닥치는 느낌이었다.

외수도 뒷발로 땅을 구르고 마주쳐 갔다. 싸움이 여파가 반야와 편가연 등에게서 될 수 있어 조금이라도 더 멀리 떨어지기 위한 몸부림이었다.

콰쾅! 콰콰쾅!

무서운 격돌이었다. 무양의 엄청난 무위에 궁외수만이 가진 섬뜩한 투지가 만나 용과 호랑이의 싸움을 방불케 했다.

무양도 놀라지 않을 수 없었다. 놈의 폭주를 확인했던 그때 이후 또 비교도 할 수 없을 만큼 무위와 공력이 상승한 궁외수였다.

물론 짐작을 못 했던 건 아니지만 그 상승 속도가 가히 상상을 초월하고 있었다.

'소름 끼치는 놈!'

구대통과 마찬가지로 죽여야 할 이유를 한 가지 더 얹은 무양. 그는 살겁을 행함에 일고의 여지도 없단 듯 더욱 맹렬해져만 갔다.

맞서는 외수. 확실히 그는 달라져 있었다. 감각에만 의존했던 투박한 예전과 비교해 대단히 날카로우면서도 정교하게 변모한 모습. 팔방풍우, 횡소천군, 직도황룡 따위를 펼치며 단조롭고 엉성하기만 하던 모습이 보이지 않았다.

거기다 예측을 못할 만큼 대단히 실전적인 검공. 아니, 검공인지 도법인지조차 헷갈릴 정도였다.

무양은 궁외수가 사용하는 검공이 파천대구식이란 것을

알아봤다. 이제는 알아보지 못할 만큼 놀라운 위력을 발휘하고 있었지만 틀림없이 파천대구식이었다.

스스로 결점을 찾고, 그것을 보완해 상승무공으로 이끄는 능력. 놈이 영마이기 이전에 천골지체 중에서도 최고의 능력을 타고난다는 천품(天品)이기에 가능한 일이었다.

정녕 소름이 돋는 무양이었다. 가히 혼자만의 능력으로도 천하를 휩쓸고 지배할 수 있는 놈. 어쩌면 지금이 죽일 수 있는 마지막 기회일지도 모른단 생각이 뇌리를 찔렀다.

이를 악물고 최강의 살초들을 펼쳐 가는 무양.

그런데.

카앙! 캉캉! 콰콰쾅!

"허억?"

결판을 내리라 작심하고 살검을 휘둘러간 무양이 크게 밀리며 흔들렸다.

무려 이 장이나 밀려가는 모양새.

공력에 의해 밀리는 것이 아니었다. 궁외수의 검을 피해 스스로 황급히 몸을 빼는 중이었다.

'이럴 수가?'

무양의 충격은 자신이 밀리는 것 때문이 아니라 궁외수가 순간적으로 사용한 검법 때문이었다.

자신의 검법을 받아내고 받아친 검법. 틀림없는 무당의 양의검법(兩儀劍法)인 탓이었다.

'양의검법이라니, 양의검법이라니!'

동공이 초점을 못 잡고 흔들릴 만큼, 목소리가 터져 나오지 않을 만큼의 충격.

"이, 이놈! 네놈이 어째서 양의검법을 쓰는 것이냐?"

악을 쓰듯 외친 무양의 고함이었다.

"내가 펼친 게 그런 이름의 무공이었소?"

"이, 이놈!"

바들바들 떠는 무양.

"뭐 그동안 이것저것 본 게 있어 응용해 본 것뿐이오. 청연이란 당신네 제자가 펼치기도 했었고 전에 영감도 펼치지 않았었소."

"뭐야?"

외수의 무심한 대꾸에 무양은 끓어오르는 화로 인해 머릿속에 쥐가 내리는 것 같았다.

외수는 거기서 그치지 않고 한술 더 떴다.

"확실히 다른 자들보다 영감들의 무공이 더 심도 있고 절륜하더군. 그래서 내 검공에 이리저리 접목해 보는 중이오. 양의검법이라. 뭐 딱히 귀에 들어오는 이름은 아니지만 기억해 두겠소. 그런데 그것 말고도 영감의 무공 초식을 몇 가지 더 익혔는데 그건 뭔지 한 번 보시겠소?"

"……?"

무양이 이 기막힌 상황에 반응할 틈도 없이 외수가 검을 뻗었다.

휘리릭!

대단히 빠른 운신에 위협적인 검공.

무양은 또 한 번 소스라칠 듯이 놀랐다. 정확히 일곱 방위를 점하며 뻗어 나오는 현란한 검.

"혀, 현허… 칠성검법(玄虛七星劍法)?"

카카캉! 카앙!

무양은 넋이 빠져나간 것 같은 상태로 응수만 했다.

그런데 그게 다가 아니었다. 변형된 초식들. 아니, 기존에 놈이 사용하던 무공에 제멋대로 가져다붙인 검공이었다.

"칠성검법? 이건 이름이 멋지구려. 맘에 드오."

"이 빌어먹을 놈!"

콰앙! 쾅쾅!

미치고 팔딱 뛸 노릇이었다.

심공을 모르니 완벽하진 않다고 해도 틀림없는 무당의 상승무공들을 제 놈 마음대로 가져다 펼치고 있었다.

검공만이 아니었다. 칠성둔형(七星遁形) 같은 신법과 보법까지 그대로 흉내 내는 놈.

놈의 재주, 능력을 몰랐던 것도 아니지만 이처럼 전혀 다른 내공으로 무당의 심오한 절초들을 별 어려움도 못 느낀 채 펼쳐 낸다는 게 무서운 충격으로 다가왔다.

이제는 무슨 일이 있어도 죽여야 한다는 생각밖에 들지 않는 무양이 광분하며 달려들었을 때 또다시 돌변한 궁외수는 아예 무양의 혼을 빼앗아 놓고 말았다.

"허억?"

외수의 검을 받아치며 경악한 상태로 급속히 물러나는 무양.

"이이, 이런……?"

말이 나오지 않았다. 외수가 보인 무공은 지금까지 자신이 사용하던 태극혜검의 검경이었기 때문이다.

그것을 구대통이나 명원신니가 모를까. 두 사람도 궁외수가 무당파 최고절학 태극혜검을 펼치는 것을 똑똑히 보았다.

무당파 일대제자 중에서도 최고 배분의 장문인과 무당제일검에게만 허용되어 있고, 아무나 익힐 수도 익히기도 어렵다는 최고의 절학. 어찌 눈알이 튀어나오지 않을까.

"이노옴!"

즉시 구대통이 무양을 도와 외수를 덮쳐 갔고, 명원신니 또한 불진(佛塵) 대신 검을 뽑아 들고 신형을 날렸다.

쿠콰쾅! 콰앙!

졸지에 구대통과 명원의 협공에 휩싸인 외수. 순식간에 양상이 바뀌고 말았다.

무양이야 스스로 혼을 뺀 덕에 별 어려움을 못 느낀 외수였으나 성난 구대통과 명원 두 사람의 협공은 바로 손발이 뒤엉키게 만들었다.

그렇다고 급격히 무너지진 않았다. 다소 밀릴 뿐 반격을 위한 빈틈을 찾으려 애썼다.

그러나 과연 천하의 무림삼성. 외수의 무위가 무섭도록 성장했다고 해도 구대통과 명원의 동시 협공을 견디기란 여전히 버거운 일이었다.

검공의 깊이가 다른 것이다. 감각에만 의존하는 외수에 비해 구대통과 명원은 무공의 오의(奧義)라는 모든 이치와 정수를 깨우친 자들. 아직 궁외수가 쫓아가지 못하는 부분이 분명히 존재하고 있었다.

외수는 다시 구대통과 명원신니의 무공들을 흉내 내기 시작했다.

카캉! 캉캉캉캉!

"이놈잇?"

무양과 마찬가지로 눈이 뒤집어지는 구대통.

점창 비전 회풍무류(廻風舞流)였다. 검공 전체 사십팔수 하나하나가 워낙 어렵고 까다로워 점창의 고명 제자들도 익히기 힘들어하는 무공을 궁외수는 마치 자기 무공인 양 아무렇지 않게 펼쳐내고 있었다.

뿐만 아니라 명원이 주로 사용하는 난피풍검법(亂披風劍法) 등 아미파의 검공 초식들도 마구잡이로 쏟아내고 있었다.

제 마음대로 연결 과정을 바꾸고 초식을 끊어내고 뒤죽박

죽 엮은 모양새였지만 온전히 위력이 살아 있는 점창과 아미의 무공에 구대통과 명원은 악에 받쳤다.

"뭐 하고 있어?"

충격에 물러나 있는 무양에게 구대통이 내친 고함이었다.

힘이 모자라서 다그친 것이 아니었다. 서둘러 없애겠단 생각뿐이었다.

무양이 그 뜻을 모를까. 그가 바로 검을 내뻗으며 합세해 갔다.

카앙! 캉캉캉! 콰쾅!

버티던 외수가 다시 밀릴 수밖에 없었다. 한 사람도 아니고 살의가 확실한 무림삼성을 한꺼번에 상대한다는 건 외수의 다른(?) 능력이 튀어나오지 않곤 힘든 일이었다.

어쩔 수 없이 외수가 편가연이 있는 쪽으로 밀릴 때, 송일비와 조비연의 절대신병들이 파공성을 일으켰다.

파라라락! 쉬이익! 쉭쉭!

송일비의 팔상호접검보다 조비연의 월령비도가 먼저 외수의 귓가를 자극하고 무림삼성을 덮쳤다.

타타탕! 타앙! 탕탕탕!

비연이 정확히 세 사람을 향해 날린 탓에 무림삼성 모두 비연의 비도를 받아내며 틈을 보일 수밖에 없었다.

"이것들이!"

성가신 꼬챙이를 걷어낸 듯한 얼굴로 화를 토하는 구대통.

거기에 송일비가 맞대응했다.

"무슨 일입니까? 왜 갑자기 나타나서 다짜고짜 폭력을 휘두르시는 겁니까?"

"시끄럽다! 네놈들도 같이 죽을 요량이 아니면 당장 물러나라!"

"그럴 수 없습니다. 아무리 삼성께서 행하시는 일이라 해도 어찌 까닭 없는 무력행사를 보고만 있겠습니까. 삼성께서는 한숨 고르시고 먼저 연유를 설명해 주시길 부탁드립니다."

똑 부러지는 송일비의 응대. 그러나 무림삼성은 이미 화가 머리끝까지 나 있었고 송일비와 조비연의 관여 따윈 안중에도 없었다.

"감히 우리가 하는 일에 끼어들다니. 같이 죽어도 원망 마라!"

쐐애액!

더욱 거칠게 외수의 심장과 목을 노려가는 구대통. 무양과 명원도 사력을 다했고 거기에 송일비와 조비연이 거듭 훼방을 놓았다.

확대된 싸움. 내원 위사들이 몰려들고 있었으나 끼어들 여지도 없는 굉장한 싸움이었다.

외수는 송일비와 조비연이 돕고 나서자 한결 수월해졌다. 그러나 점점 치밀어 오르는 화에 감정이 흔들리고 있었다.

느닷없이 나타나 살검을 휘두르는 무림삼성. 강자의 횡포라고 받아들일 수밖에 없는 행위가 가증스러웠다.

"흐흐흐, 무슨 일인지 모르지만!"

외수가 흘리는 낮은 웃음. 그 섬뜩한 웃음을 인지할 틈도 없이 그가 폭발했다.

"좋아, 끝장을 보자고!"

카앙! 쾅쾅쾅!

돌변한 외수였다. 발산하는 공력의 위력도 달라졌고 휘두르는 검도 맹렬한 살기를 분출했다.

외수는 한 사람을 물고 늘어지겠단 계산이었다. 그게 무양이었고, 우선 그를 제거한 후 나머지를 차례로 상대하겠단 작정이었다.

몰아쳐 가는 외수는 걷잡을 수 없는 화마(火魔) 같았다. 무양이란 거대한 산을 두고 타오르는 불길 같았다.

무양은 그 불길을 외수의 눈 속에서도 보았다. 벌겋게 물들어가는 눈.

"정녕 괴물이로다!"

무양은 외수의 능력에 혀를 내둘렀다. 벌써 자신들을 상대할 만큼 강해져 버린 외수가 두려울 정도였다.

"이놈부터 죽에!"

구대통과 명원을 향해 내지른 고함. 다급한 마음이 그렇게 만들었다. 영마의 본색을 터뜨리기 전에. 이미 이 정도인데 영마의 기운마저 폭발한다면 그땐 정말 걷잡을 수 없을지도 몰랐다.

살아남는 자는 하나도 없는 재앙.

송일비를 요리하려던 구대통이 몸을 돌렸다. 무양의 뜻을 알아들었기 때문이다.

"죽일 놈!"

구대통의 협공으로 외수는 또다시 어려워졌다. 하지만 무양을 향해 붙은 불길은 멈추지 않았다. 구대통의 검격을 교묘히 피하거나 받아치며 무양에게 끈질기게 달라붙었다.

그러나 역시 무모했다. 구대통 같은 존재에게 그와 같은 빈틈을 내준다는 건 바로 목을 내주는 것과 다를 게 없는 것. 거기다 무양의 무위 역시 다른 게 없다.

"가라! 쓸모없는 놈!"

콰악!

구대통의 검이 등짝을 파고들었다.

외수가 빠르게 돌아서며 걷어내려 응수했지만 등짝 대신 옆구리를 베며 지나가는 구대통의 검이었다.

고통을 느낄 틈이 없었다.

이어지는 검격에 외수는 뿌리치듯 검린을 발출했다.

쐐애액!

소름이 돋을 만큼 예리하게 썰리는 듯한 파공성과 함께 뿌려지는 검린. 다급히 무작정 발출한 탓에 목표가 정확치 않

두 번째 싸움 95

았다.

　구대통과 무양이 두어 가닥 검린을 막고 피하는 사이 서너 가닥 검린이 편가연과 반야가 있는 곳까지 날아가 꽂혔다.

　편가연은 물론 궁뇌천을 돕고 있던 시시가 발밑에서 들고 일어난 땅거죽에 화들짝 놀라 뒤집어졌다.

　궁뇌천이 눈을 감고 치료에 매달려 있다고 해도 검린이 날아와 박히는 걸 몰랐을까. 그는 감은 눈을 살짝 찌푸렸을 뿐 조금도 동요하지 않고 시시를 안정시켰다.

　"놀랄 것 없다. 내가 지켜줄 테니 이 아이에게만 집중해라."

　"네네, 할아버지!"

　시시는 자기 때문에 반야도 놀랐을 것이란 생각에 얼른 자세를 바로 했다.

　"지금도 눈물이 많이 흐르느냐."

　"네. 한데 아까만큼 많이 탁하진 않아요."

　반야는 좋은 현상이라고 생각했다.

　하지만 궁뇌천의 대답은 그렇지 않았다.

　"음, 아무래도 완전히 제거하기까진 시간이 더 필요할 듯하구나. 제거 가능한 데까지 해볼 테니 조금만 더 기다리거라."

　"네, 할아버지!"

　시시는 대답과 함께 싸우는 외수 쪽을 한 번 슬쩍 확인하고 다시 돌아보지 않았다.

외수는 옆구리의 상처가 깊지 않다는 걸 다행으로 여겼다. 자칫 등판이 꿰일 뻔한 순간이었기 때문이다.

싸움의 양상은 같은 과정의 반복이었다. 송일비와 조비연의 가세 덕분에 숨통이 트이다가도 그들로부터 여유로워진 구대통이 다시 협공을 하면 외수는 비세로 몰렸다.

조비연과 송일비가 명원과 구대통을 온전히 감당할 없는 까닭이었다. 하지만 오히려 죽지 않고 버텨주는 것만으로도 두 사람은 본래의 힘보다 몇 배의 힘을 발휘하고 있는 셈이었고, 그나마 외수가 버텨나갈 수 있는 힘이 되고 있었다.

답답하고 급한 것은 무림삼성도 마찬가지였다. 날파리처럼 달려드는 두 사람 때문에 외수를 맘대로 하지 못하고 있으니 성질이 뻗쳤다.

여간 귀찮은 게 아니었다. 크게 위협적이진 않았으나 절대신병이 가진 특별함이 등을 돌릴 기회를 주지 않았다. 특히 툭하면 날려 사방팔방 쑤셔대는 월령비도의 묘용은 등골이 서늘할 만큼 신경 쓰이게 만들었다.

결국 명원이 구대통에게 소리쳤다.

"안 되겠어요. 오라버니와 제가 이 두 놈을 먼저 처리하는 게 좋겠어요."

돌아본 구대통이 동의했다. 자기가 판단해도 그게 더 빠를 듯했기 때문이다.

무양이야 놔둬도 어차피 놈에게 당장 당할 일은 없을 터, 구대통과 명원은 발바닥에 박힌 가시만큼이나 성가신 송일비와 조비연을 동시에 급습해 갔다.

송일비가 대놓고 투덜거렸다.

"젠장, 해도 해도 너무하시는구려. 도대체 뭣 땜에 이러는지 이유나 알고 죽게 해주시오."

"시끄럽다. 끼어들지 말라는 말을 무시한 네놈들 자신을 탓해라! 우리가 괜히 이러겠느냐?"

"저번과 같은 이유입니까?"

"닥쳐! 그런 걸 알려주고 있을 시간 없다! 누구든 이 순간을 방해하는 놈들은 모조리 도륙할 것이야!"

구대통은 송일비와 조비연뿐 아니라 극월세가 위사들까지 싸잡아 미리 경고를 날렸다.

그리고 그는 보란 듯이 실행에 옮겼다. 무림의 대존장 같지 않은 끔찍한 살초들. 일검에 목을 베고 심장을 뚫어놓겠단 의지가 너무도 뚜렷했다.

콰앙! 쾅쾅쾅!

송일비가 외수처럼 구대통의 공세를 견딘다는 건 말이 안 되었다. 그의 빠른 신법과 팔상호접검도 잠시간의 연명에 도움이 될 뿐 무위와 공력에서 오는 압도적인 차이를 버텨내긴 어려웠다.

"크헙!"

구대통의 검격을 피하지 못하고 부상을 입은 채 바닥을 뒹구는 송일비.

조비연의 상황도 그와 별반 다르지 않았다. 그녀 역시 명원 신니의 어마어마한 신위 앞에 악전고투를 펼치는 모양새였는데 그나마 적시에 운용하는 월령비도의 예리한 위력 덕분에 근근이 버티는 중이었다.

외수의 귀에 송일비가 터뜨린 짧은 비명이 들렸다. 그 때문에 외수는 더 조급해졌다.

무당제일검 무양. 송일비와 조비연을 도우러 가고 싶지만 그가 붙잡고 놓아주지 않는 형국이었다.

조금도 틈을 주지 않고 몰아치는 무양. 외수는 이를 악물었다. 서두르지 않으면 송일비와 조비연 두 사람 목이 떨어질 수도 있는 상황. 방법은 하나뿐이었기 때문이다.

슈욱, 슉!

현란하게 움직이는 외수의 검 사이로 왼손이 동시에 뻗어졌다. 무양의 신체 어느 한 부위를 붙잡으려는 행동이었다. 붙잡을 수만 있다면 단숨에 절단 낼 자신이 있었다.

무양이 그것을 모를 리 없었다. 기가 막혔다. 보통 놈들 같으면 손목을 잘라놓겠지만 그동안 외수만 지켜봐온 그로선 의도가 무엇인지 빤히 들여다보였기에 쉽사리 응해주지 않았다.

"간교하고 간악한 놈!"

검과 손을 동시에 피하는 무양. 그러나 그 짧은 순간에 외수는 기회를 잡았다는 듯 신형을 반대로 돌렸다.

명백히 송일비와 조비연을 구하러 가겠단 의지 표현 같았다.

"이놈이?"

무양은 어이가 없었다. 상대를 충분히 떨쳐내지도 못한 상태에서 등을 보이는 놈이라니. 더구나 자신을 상대로.

그것이 술책이든 어떻든 상관없었다. 무조건 등을 보였다는 자체로 기회였다. 놈을 끝장낼 기회.

"감히 나를 뭘로 보고!"

바로 급습하는 무양.

그런데 앞으로 튀어나갈 것 같던 외수의 신형이 튀어나가기는커녕 오히려 뒤로 날아들며 돌아섰다.

무양은 놀랐지만 그렇다고 해도 바뀔 것은 없었다. 이미 늦은 탓이다.

푸욱!

아니나 다를까, 어김없이 내지른 검이 놈의 육신에 박혀들었다.

정확히 가슴팍을 관통하는 검.

그런데 심장이 있는 왼쪽 가슴이 아니라 오른쪽이었다. 외수가 돌아선 탓에 발생한 결과였다.

물론 그것만으로도 움직이지 못할 큰 부상이었지만 무양은 검을 쥔 자신의 손을 움켜잡는 외수의 손을 뒤늦게 보았다.

꽉!

무양의 눈에 외수의 비릿한 미소가 비쳤다.

"잡았군."

세상에서 가장 끔찍한 미소가 있다면 지금 궁외수의 저 미소일 것이란 생각이 무양은 언뜻 들었다. 고통을 참으며 흘리는 섬뜩한 미소.

그 순간 외수의 검이 휘둘러졌다. 빠져나가지 못하면 꼼짝없이 목이 달아날 지경.

그때 무양의 장공이 작렬했다.

퍼펑!

가공할 위력의 무당 면장(綿掌). 외수의 수작이 실패로 돌아가는 순간이었다.

"우읍!"

"가소로운 놈, 그딴 수작을 부리다니."

피를 뿌리며 날아가는 외수를 내버려 두지 않고 쫓는 무양이었다.

"아앗, 안 돼!"

편가연이 내지른 비명.

면장이 터지는 그 순간에 구대통과 명원도 돌아보았고 외수는 의식마저 잃은 듯 훌훌 날아가고 있을 뿐이었다.

따라붙는 무양의 검이 한 번 더 작렬하면 그대로 외수의 몸뚱이는 두 쪽이 날 수밖에 없는 상황.

"안 돼!"

다시 한 번 터진 비명과 함께 일곱 줄기 파공성이 쏘아져 올랐다.

쉬이이익!

사력을 다한 조비연의 월령비도였다. 그리고 송일비도 외수를 향해 신형을 날렸다.

타타타탕!

무양이 날아든 비도 땜에 최후의 일격을 늦추어야만 했다.

그러는 사이 외수의 몸뚱이는 바닥에 처박혔고, 옅은 신음을 흘리며 꿈틀댔다.

"이봐, 궁외수? 괜찮은 거야?"

달려드는 송일비.

"이것들이?"

구대통과 명원이 외수를 지키려는 두 사람의 노력을 내버려 두지 않았다. 명원은 쉬지 않고 월령비도를 운용하는 조비연을 덮쳤고, 구대통은 즉시 송일비를 쫓아 신형을 날렸다.

"이봐, 이봐! 괜찮아?"

다급한 송일비였다. 구대통도 막아야 하고 무양의 검까지 감당해야 하는데 두 초극 고수를 혼자 상대한다는 건 불가능한 일. 위사들의 도움을 바라기도 이미 늦었고, 외수를 둘러메고 도주를 감행하는 것도 이미 어림없는 일이었다.

빠른 판단이 필요한 상황에 송일비는 외수의 무극검을 집어 들려고 손을 뻗었다. 두 자루의 검으로 상대하는 게 그나마 나을 것 같아서였다.

그런데.

"젠장! 일반 검이 아니었다는 걸 깜빡했군."

푸념과 함께 다시 검을 놓는 송일비. 외수의 무극검이 특별한 무게를 지니고 있다는 걸 생각 못 한 것이었다.

"그래! 죽자! 까짓것 죽는 거지, 뭐. 다른 자도 아니고 무림삼성이란 이름 앞에 죽는데 손해 볼 것도 없잖아!"

침을 뱉어 호접검을 다시 고쳐 쥔 송일비는 외수 앞에서 한 발짝도 움직이지 않았다.

콰앙! 캉캉!

엄청난 위력을 자랑하며 쏟아지는 구대통의 검.

피할 수 없었고 움직이지 못하는 상황이니 갈수록 송일비는 상처만 늘어갔다.

"으아아아아아!"

온몸에 피를 튀기며 스치는 구대통의 검 앞에 마지막을 감지한 송일비가 최후의 발악을 했다.

"어이없는 놈! 원망 마라!"

두 번째 싸움 103

구대통의 끝을 알리는 말. 송일비도 더 버틸 수 없단 걸 알았다.

"젠장!"

슈욱!

목을 향해 날아드는 가느다란 구대통의 검.

송일비는 그의 검신이 유려하다고 느끼며 그 절망적인 짧은 순간에 자기도 모르게 조비연 쪽으로 고개를 돌렸다.

왜 고개가 돌아갔는지는 알 수 없었다. 어쩌면 같이 갈 친구의 상태를 확인하고 싶었는지도 몰랐다. 역시 자신과 하나도 다를 게 없는 상황에 처해 있는 그녀였다.

'훗, 독한 줄 알았더니 너도 별수 없구나.'

비연마저 확인한 송일비는 더 이상 미련 없단 듯 고개를 돌린 채 눈을 감아버렸다.

그런데 그때 고막이 터질 듯한 굉음과 함께 지축이 뒤흔들렸다. 눈알조차 흔들렸고 먹먹한 고막 탓에 어떤 소리가 터졌는지도 알 수 없었다.

놀란 송일비가 눈을 번쩍 떴을 땐, 천지사방 시야에 잡히는 모든 것이 흔들리고 있었다.

편가연을 비롯한 위사들은 귀를 막고 주저앉아 있었으며 먼지가 팔방으로 폭발한 듯 쓸려나가고 있었다.

천둥과 벼락이 극월세가 한가운데 떨어지기라도 한 것인가. 분명 세상에서 들어보지 못한 굉음이 터졌고, 그 위력 또

한 말할 수 없게 엄청났다.

송일비는 낙뢰라 판단하고 그것이 떨어진 곳이 어딘지 정신없이 주변을 두리번거렸다. 하지만 멀쩡했다. 어디에도 낙뢰의 흔적은 없었다.

그때 송일비는 자신의 다리를 더듬는 손길에 기겁을 했다.

"으헉?"

궁외수의 손. 바닥에 엎어져 꿈틀대던 외수가 일어나려 기를 쓰고 있었다.

"너, 너냐? 살아 있는 거였냐?"

송일비의 입에 환희가 번졌다.

하지만 그의 기대와 달리 버둥버둥 일어나는 외수는 무참했다. 머리는 다 헝클어졌고 무당 면장에 당한 가슴팍은 너덜너덜 다 파헤쳐졌으며 검이 박혀들었던 부위는 선혈을 쏟아내고 있었다.

"궁외수?"

외수를 부축한 송일비. 상태를 확인하려 숙여진 얼굴을 들여다보다가 그만 흠칫 몸서리를 치며 기겁하고 말았다. 흐릿하게 뜨여진 외수의 눈이 시뻘건 핏빛 광채를 뿜어내고 있었기 때문이다.

"크흐, 다… 죽여… 버리겠어!"

第四章

비밀

우라질 놈! 두고 보자!

—아들에게 무시당한 아버지, 궁뇌천

 반야의 눈물은 더 이상 흐르지 않았다.
 뜨거운 아지랑이를 피워 올리던 궁뇌천의 진기도 서서히 잦아들고 있었다.
 이윽고 거두어지는 궁뇌천의 손.
 집중해 있던 시시는 비로소 치료가 끝난 모양이라고 생각했다.
 그런데 거두어지던 궁뇌천의 손이 뜬금없이 반야의 귀를 꽉 틀어막았다.
 왜 그러나 싶어 시시가 궁뇌천을 쳐다보는 그 순간, 시시는 정신이 달아나 뒤로 엉덩방아를 찧으며 털썩 나자빠지고 말았다.

갈(喝)!

궁뇌천의 목소리에서 터져 나온 외마디 고함이었다.

시시는 인간의 목에서 그렇게 큰 고함이 터져 나올 수 있다는 걸 처음 알았다.

모골이 쭈뼛쭈뼛 일어날 정도의 엄청난 고함. 시시는 단지 어안이 벙벙할 뿐이었다.

"놀랐느냐."

반야를 두고 천천히 평상에서 내려서는 궁뇌천.

시시는 귓속이 웅웅거렸지만 입모양을 보고 그가 하는 말을 대충 알아들었다.

"네, 네. 할아… 버지!"

시시는 그제야 외수가 있는 곳으로 눈을 돌렸다. 일갈 고함에 모든 것이 멈춰 버린 싸움판.

"아아, 공자님!"

허겁지겁 일어난 시시. 부상당한 외수를 뒤늦게 확인하고 달려가려는데 궁뇌천의 손이 그녀를 잡았다.

"기다려라."

"안 돼요. 도와주세요, 할아버지. 공자님이 다쳤어요."

"그래, 그럴 것이다. 한데 우선 네가 비밀로 해줄 것이 있다."

"네?"

무슨 말인지 알아듣지 못한 시시가 올려다보고 있을 때, 그녀는 다시 한 번 소스라치게 놀라며 주저앉을 듯 주춤주춤 물러났다. 궁뇌천의 몸뚱이가 변화를 일으키고 있었기 때문이다.

우두두둑! 두둑!

"할아버지……?"

시시는 놀라 눈알이 튀어나올 지경이었다. 사람의 몸이 갑자기 커지고 전혀 다른 엉뚱한 사람으로 바뀌는 광경.

"허억?"

시시는 돌변한 궁뇌천의 모습을 믿기지 않는 눈으로 쳐다보았다. 무공이 엄청 센 궁색한 괴짜 노인으로만 알고 있었던 그가 조금 먼 기억 속에 있는 사람으로 변했기 때문이다.

'궁천도'라고 알고 있는 그 이름.

"아앗?"

"날 못 본 걸로 해다오."

"……?"

입이 떨어지지 않는 시시였다. 눈도 떨어지지 않았다.

시시가 놀라움을 주체하지 못하고 있을 때 철검을 든 그가 슬그머니 앞을 지나갔다.

모두가 귀를 막고 고함이 터진 곳을 몰라 두리번거리고 있을 때 무림삼성만은 정확히 궁뇌천을 노려보고 있었다.

"이봐, 궁외수?"

다 죽여 버리겠다, 혼잣말을 지껄이며 일어난 궁외수를 송일비가 거듭 의식을 깨우려 흔들어댔다. 전에도 이 같은 혈광을 흘리며 이성을 잃고 폭주했던 기억이 있기 때문이다.

그런데.

다시 감기는 궁외수의 눈. 그리고 그의 신형이 기울어지며 기우뚱 뒤로 넘어갔다.

쿵!

결국 완전히 널브러져 버린 궁외수.

당황스런 송일비였다.

"이봐, 왜 이래? 왜 일어났다가 쓰러지는 거야. 다시 일어나 다 쓸어버리란 말이야! 우리보고 어쩌라고, 이봐, 궁외수? 어이?"

쓰러진 외수를 붙잡고 마구 흔들어대는 송일비지만 이미 완전히 의식이 끊어져 버린 외수는 꿈쩍도 하지 않았다. 지척지간에서 무양에게 맞은 면장의 위력이 그만큼 대단했던 탓이다.

송일비가 다급한 이유는 자신들이 처한 처지 때문이었다. 무림삼성을 상대할 사람이 궁외수 뿐이라 할 수 있는데 다시 쓰러져 버렸으니 어이가 없을 수밖에.

그런데 무양과 구대통을 다급히 돌아본 송일비는 그들의 행동에 이상함을 느꼈다. 살검을 내쳐올 줄 알았더니 명원신니까지 전혀 엉뚱한 곳에 눈을 두고 있었기 때문이다.

"응?"

뜻밖의 상황에 그들의 시선을 따라 눈을 돌린 송일비. 그제야 반야를 치료하던 노인(?)이 걸어오는 것을 보았다.

"뭐지?"

송일비는 묘한 희망을 느꼈다. 무양과 구대통 등이 긴장한 기색을 보이고 있었기 때문이다.

그때 다시 한 번 노인을 확인한 송일비는 자신의 눈을 의심했다.

'어? 그 영감이 아니잖아?'

송일비가 어떻게 된 건지 몰라 어리둥절하며 보고 있을 때 구대통이 그를 향해 소리쳤다.

"누구냐, 네놈은?"

제법 힘 있게 내친 고함이었으나 송일비는 그의 목소리가 왠지 자신이 없단 느낌을 받았다. 그리고 무시하듯 힐긋 쳐다보고 마는 새로운(?) 인물의 눈길도 송일비는 보았다.

무심히 내딛는 걸음걸이.

송일비로선 그렇게 거대하게 다가오는 걸음을 처음 대했다. 태산이 짓눌러오는 느낌.

그는 똑바로 송일비 자신이 있는 곳으로 걸어왔고 무림삼성은 그의 걸음을 방해하지 못했다.

송일비는 앉은 채 그를 맞았다.

아무 짓도 하지 않았는데 굉장한 위압감이 느껴지는 인물. 송일비는 그제야 그가 노인과 같은 사람이라는 것을 눈치챘다.

왜 노인 행세를 하고 있었는지. 송일비는 궁외수를 무척 씁쓸한 눈길로 내려다보는 그를 보며 그가 스스로 천하제일인이라고 떠벌리던 게 생각났다.

"데리고 물러나라."

"예? 예예!"

송일비는 황급히 대답하고 주섬주섬 외수를 끌어안았다.

그때 무양이 다시 소리쳤다.

"정체가 무엇이냐? 네놈은 누구며, 왜 이곳에 있고 궁외수 그놈과는 무슨 관계냐?"

궁뇌천. 마도의 절대자 첩혈사왕. 그가 아들 외수에게서 시선을 거두고 세 사람을 향해 천천히 돌아섰다.

"너희들이 이 아이를 죽이려는 이유가 무엇이냐?"

궁뇌천의 되물음에 무양도 송일비도 경악했다. 무림삼성이란 이름을 두고 '너희'라고 말할 수 있는 사람이 있다는 게 와 닿지 않았다.

"네놈 정체가 무엇인지 그것부터 밝혀라! 마교인이더냐?"

'마교?'

외수를 끌어안다 말고 놀라 올려다보는 송일비.

궁뇌천이 느릿한 동작으로 반응했다.

"대답하기 싫은 모양이군."

스르릉.

"헉?"

궁뇌천이 검을 뽑아 늘어뜨리자 송일비는 기겁을 하며 후다닥 외수를 안고 일어났다. 뽑아 늘어뜨린 검신에서 발현된 강기가 놀라웠기 때문이었다.

그 크기도 경악스러웠지만 뿜어지는 살기 또한 견딜 수 없을 만큼 숨을 막히게 했다.

마침 조비연이 달려와 같이 부축을 해준 덕분에 송일비는 빠르게 외수를 데리고 물러날 수 있었다.

편가연이 위사들과 같이 둘러싸고 외수에게 매달렸다.

"공자님?"

새파랗게 질린 편가연.

"주, 죽은 건가요?"

"아니요. 의식을 잃었을 뿐, 일단 생명엔 지장이 없어 보이오. 지혈을 할 테니 의원을 부르시오!"

"설 총관님, 어서 의원들을!"

편가연이 어쩔 줄을 몰라 하며 정신이 없는 그때, 궁뇌천과 무림삼성 사이엔 무서운 기운들이 오가고 있었다.

검을 뽑아 든 궁뇌천.

그럼에도 무림삼성은 섣불리 행동하지 못했다. 상대를 알아보는 탓이다.

어마어마한 공력의 일갈. 그리고 검에 생성된 무지막지한 강기. 여기에 있었다는 걸 인지조차 못 했던 그의 정체를 파악하는 것이 우선이었다.

"우리를 막아 싸우겠다는 것이냐?"

무양의 물음에 궁뇌천이 피식 웃었다.

"아니! 너희들을 죽일 것이다!"

"……?"

"무엇 때문에?"

"후후, 그걸 질문이라고 하는 것이냐. 웃기는 군상들이로군. 너희는 이유를 대고 살검을 휘둘렀더냐? 무작정 난입해 죽이려 든 것은 네놈들이 먼저 아니냐."

"도대체 네놈은 누구냐? 너 같은 자에 대해 들어본 적이 없다!"

"알아서 뭐하려고. 알면 고이 물러나기라도 하게? 그러나 늦었어! 내가 검을 뽑은 이상 여기가 너희들 무덤이야."

"미친!"

구대통이 참지 못하고 발끈했다.

"상관없는 놈이면 비켜서 있어라! 우린 당장 그 궁외수란 놈을 죽이는 게 급하다!"

이번엔 궁뇌천의 안면이 실룩였다.

"왜 상관없다고 생각하지. 이렇게까지 나왔는데? 난 네놈들이 짐작할 수 없는 인연을 이곳과 가진 사람이야!"

저벅저벅, 궁뇌천이 거침없이 구대통을 향해 움직였다.

아무래도 당혹스런 무림삼성. 자신들을 상대로 이리 나올 수 있는 인간이 있다는 게 영 비현실적이었다.

"오냐, 벗겨보면 알 테지! 네놈이 어떤 놈이고 뭣 하는 놈인지!"

분광착영(分光捉影)으로 신형을 날려가는 구대통. 상대를 모르는 그는 일단 격돌을 선택했다. 어차피 놈이 도발을 하고 있었기에 피할 수 없는 싸움이었다.

구대통의 운신은 어느 때와 달랐다. 중원 무림 최고의 존장다운 움직임.

덮쳐드는 그를 보며 가만히 검을 쳐드는 궁뇌천이었다. 누가 봐도 일검에 승부하겠다는 자세.

구대통을 비롯한 무양과 명원은 어이가 없었다. 검을 쳐드는 허술한 자세라니.

퓨퓨! 휙휙!

구대통이 점창파 최고의 검공 사일검법(射日劍法)을 쏟아내며 무모한 자세를 갖춘 궁뇌천을 덮쳐갔다.

그때 궁뇌천이 쳐든 검을 천천히 그어 내렸다.

뭐 하는 짓이냐는 듯 눈을 부릅뜬 무림삼성.

"정말 미친놈이로구나!"

이해하지 못할 행동이었지만 구대통은 봐줄 생각이 없었

다. 이미 경고를 했고 무례한 인간인 데다 서둘러 궁외수를 죽여야 하는 목적이 있어서였다.

그런데 그 순간 무양이 질색한 상태로 고함을 질렀다.

"우치! 피, 피해!"

피하라니. 내친 검이 코앞에 이르렀는데 검을 거두란 말인가?

그러나 다른 이도 아닌 무양의 외침이었기에 구대통은 당황했다.

그때 구대통의 전신에 거대한 울림이 느껴졌다.

엄청난 압박감.

드드드드드드……

땅이 갈라지는 것인지 하늘이 무너지는 것인지 정체 모를 진동과 울림이 대기마저 흔들어놓고 있었다.

"피하라니까!"

다시 터진 무양의 다급한 고함에 태산이 덮쳐드는 것 같은 섬뜩함을 느낀 구대통이 위로 고개를 쳐들었다.

갑자기 공간을 찢고 나오듯 허공에서 튀어나오는 검.

"뭐, 뭐야?"

놀란 구대통은 그것이 검인지 강기인지 구분조차 할 수가 없었다. 검이라기엔 너무도 거대했고, 강기라고 하기엔 시퍼런 검인(劍刃)이 너무나 선명했다. 마치 거대한 검 하나가 하늘과 함께 무너지고 있는 느낌이었다.

피하기엔 늦었다. 거기다 구대통은 넋까지 빼앗기고 있었다.

"이런 멍청이!"

검이 내려찍히는 그 순간에 무양이 뛰어들었다.

하지만 구하기는커녕 둘 다 휩쓸린 꼴밖에 되지 않았다.

쿠쿠쿠쿠… 콰콰콰쾅쾅……!

검은 그대로 두 사람을 내리찍으며 눈앞의 모든 것을 갈라놓았다.

흡사 극월세가 전체가 두 쪽으로 갈라지는 것 같았다. 바닥의 흙과 청석이 갈라져 튀어 올랐고 허공도 삼사십 장(丈)이나 쪼개지고 있었다.

쿠웅!

눈앞에 보이는 모든 것을 쪼개놓고도 대지로 전해진 충격이 길게 여운처럼 이어졌다.

모두가 충격을 넘어 아연실색했다. 듣도 보도 못한 무공. 상상조차 하지 못한 무공. 모두의 눈이 궁뇌천에게 향해 있었다.

그때 명원이 실성한 사람처럼 중얼거렸다.

"일… 원… 경(一元境)!"

처음 듣는 말이었다.

송일비와 조비연이 다음에 이어질 말을 기대하고 그녀를 쳐다보았으나 명원은 궁뇌천이 만들어놓은 가공할 현장에서

비밀 119

눈을 떼지 못했다.

삼사십 장이나 이어진 검흔(劍痕)의 끝에 무양과 구대통이 널브러져 일어나려 꿈틀대고 있었다.

거기까지나 날아간 두 사람.

꼴이 말이 아니었다. 흙먼지를 뒤집어쓴 건 고사하고 수십 수백 번 난도질을 당한 듯 얼굴과 온몸이 베이고 뜯긴 상처로 피투성이였다.

"일원경… 이라고?"

구대통의 중얼거림에 무양이 대답했다.

"그래, 하늘 베기!"

믿지 못하겠단 표정의 구대통. 그는 부정하고픈 심정이었으나 직접 보고 당했으니 반박할 수 없었다.

그것을 구현할 수 있는 인간이 존재하다니. 엄두도 내보지 못한 경지였고 그것을 실현해 보겠다 덤비는 자조차 없는 경지.

구대통과 무양은 떨어뜨린 검을 주워들고 간신히 일어서며 궁뇌천을 보았다. 경악한 기색을 지울 수 없는 두 사람.

궁뇌천이 잘근잘근 씹어 돌리듯 비릿한 미소를 물고 그들을 노려보았다.

"제법 운이 있었군. 늙은 것들!"

두 사람을 죽이지 못한 것이 불만인 궁뇌천이었다.

영마기를 드러내지 않기 위해 전력을 다하지 못한 탓이었다. 그게 아니었다면 두 사람은 흔적도 남지 못했을 것이었다.

두 사람을 보던 궁뇌천이 곧바로 돌아서 명원신니를 향해 검을 겨누었다.

주춤 놀라는 명원신니.

그때 부상 때문에 비척비척 걸어오던 구대통이 다급히 소리 질렀다.

"그만둬!"

하지만 궁뇌천은 쳐다보지도 않고 중얼거렸다.

"늦었다고 했을 텐데. 네놈들이 그만두라면 내가 그만두는 사람이냐."

내뻗은 검에 다시 강기를 생성시키는 궁뇌천.

"잠깐만 기다리세요."

소릴 지르며 위사들 사이로 튀어나온 사람은 편가연이었다.

"너는 물러서 있어라!"

"아니요. 잠깐이면 됩니다. 잠깐만 기다려주세요."

단단히 화난 표정의 편가연. 무림삼성의 행각이 처음이 아닌 탓이다.

"우선 궁 공자님을 구해주셔서 감사드립니다."

"……."

궁뇌천은 편가연의 태도에 기다려줄 마음을 먹었는지 일

비밀 121

단 검을 천천히 내렸다.

"무엇이 필요하냐?"

"무림삼성께 묻고 싶은 것이 있습니다."

"좋다. 짧은 시간을 허락할 테니 마음대로 해라."

편가연이 즉시 명원신니를 노려보았다.

"어째서입니까? 왜 두 번씩이나 저희 극월세가를 난입하고 궁 공자를 죽이려는 겁니까?"

이제 대답을 않고는 안 되는 입장이 된 명원이었다.

"놈의 행각 때문이다!"

"행각이라니요. 공자께서 무슨 죄를 지었습니까?"

"공동파 사람들을 죽이고 사천 당문의 암왕과 그 아들들, 손녀까지 무참히 살해했다."

"사천 당문?"

편가연뿐 아니라 궁뢰천도 안면을 실룩였다.

즉시 편가연이 반박했다.

"말도 안 되는 소립니다. 공자께선 사천 당문과 아무런 은원이 없는 분입니다. 심지어 당문세가가 어디 있는지도 모르는 분입니다. 그런데 그들을 해했다니요?"

"틀림없다. 분명 놈의 행적이었다."

"말이 안 됩니다. 그게 언제 어디서 생긴 일입니까?"

"나흘 전 이곳에서 멀지 않은 의성강 부근에서 발생한 일이다."

나흘 전이라면 외수가 영령 주미기의 연락을 받고 진회현으로 갔다가 세가로 돌아올 즈음의 일이었다.

편가연 옆으로 조비연이 나섰다.

"신니! 어째서 궁 공자의 소행이라 단정하시는 겁니까?"

"놈이 아니면 누가 암왕 같은 의천왕을 죽일 수 있겠느냐. 형체도 알아볼 수 없을 정도로 잔인하게. 심지어 두 아들과 손녀도 같은 꼴로 죽었다."

"어이가 없군요. 이 드넓은 중원 천지에 단지 무참한 죽임을 당했다는 이유만으로 한 사람을 지목해 단정을 하시다니. 세 분께선 그런 허술한 분들이셨습니까?"

"뭐야? 놈이 도륙한 시체를 한두 번 본 우리가 아니다. 이미 살해 현장을 충분히 확인하고 왔다. 혼자서 암왕과 그 일행을 몰살할 정도의 무서운 힘을 발휘할 수 있는 놈은 그놈밖에 없어! 놈은 악마다!"

"잘못 짚으셨습니다. 궁 공자와 제가 감숙 진회에 갔다가 공동파와 문제가 생긴 건 맞습니다. 하지만 암왕 살해라뇨. 그사이 그들과 마주친 적도 없습니다."

"네 말을 어찌 믿느냐. 어림없다. 이미 아무런 은원도 없는 공동파 제자들을 죽이고 또한 반신불수 상태를 만들어놓지 않았느냐. 어찌해도 용서받을 수 없어!"

"당사자인 제 말을 믿지 않으면서 어째서 세 분의 짐작은 맞다 우기시는 것인지. 그리고 공동파와의 일은 저의 무공을 폐하려 하고 스승의 유품인 월령비도를 빼앗으려 억지를 부린 그들의 책임도 있습니다. 거기에 대해선 공동파와 저, 그리고 궁 공자가 해결할 일이지 삼성께서 관여하실 일은 아닌 듯합니다."

당차고 당당한 조비연.

"……."

공동파 일은 명원이나 구대통 등도 억지였다는 걸 인정하는 부분이었기에 반박할 수가 없었다.

그때 궁뇌천이 다시 나섰다.

"말 끝났느냐."

틀림없이 죽일 기세인 그의 모습에 편가연이 움찔했다.

"그렇게 따질 필요 없다. 다신 볼일 없게 죽여 버리면 그만이니까!"

궁뇌천의 서슴없는 말에 명원이 사납게 돌아보았다.

"이놈, 네놈이 누구인지는 모르겠으나 스스로를 밝히지 못하는 것으로 봐선 분명 떳떳치 못한 놈일 터. 중원 전체가 네놈의 행적을 지켜볼 것이다."

"알았다. 목이나 늘여라!"

대꾸하는 것도 귀찮단 듯 성큼성큼 다가서는 궁뇌천.

비척비척 다가오던 무양과 구대통도 바짝 긴장한 채 협공할 태세를 갖췄다.

그때 편가연이 또 끼어들며 궁뇌천의 행사를 방해했다.

"대, 대협! 잠시만 기다려 주십시오."

"또 왜?"

신경질적으로 눈썹을 실룩대는 궁뇌천.

"검을… 거두어주십시오."

"살려주란 말이냐?"

"그렇습니다."

"어째서?"

"저 세 분을 제압하는 존재가 있다는 것만으로도 놀랍습니다. 하지만 세 분은 중원 무림을 떠받치는 삼대문파의 대존장들이십니다. 저희 극월세가에서 위해를 가했다는 오해를 남기고 싶지 않습니다."

"흠, 상가(商家)라 이거지!"

"그렇습니다. 저들 세 분이 갖고 계신 오해야 언젠간 증거가 나오면 풀리게 될 것입니다. 그러니 부디……."

"틀렸다."

"예?"

"내가 보기에 저들은 그것 말고도 다른 이유를 갖고 있다."

"……."

편가연도 무림삼성도 반박을 못 했다. 서로가 그 다른 이유를 알고 있기 때문이다.

"그런데도 살려 보내고 싶으냐. 끊임없이 너흴 노릴 텐데?"

"그것은 저희가 감당할 몫인 것 같습니다."

"훗, 여리고 착하구나."

"그냥 보내주시겠습니까?"

"안 된다!"

단호하기 짝이 없는 궁뇌천의 대답에 편가연도 구대통 등도 얼굴이 시뻘겋게 달아올랐다.

특히 무림삼성 세 사람은 이 순간의 치욕을 감당하기 힘들었다.

"네 입장을 모르는 바 아니나 내게도 죽일 이유가 있다."

"……."

편가연은 궁뇌천의 말뜻을 이해하지 못했다. 하지만 이미 정체를 알아버린 시시는 그 의미를 알고 있었다.

"그리고 말하지 않았느냐. 검을 뽑은 이상 용서는 없다고. 나는 너처럼 착하지 않아!"

휘익!

궁뇌천이 말이 끝나기 무섭게 명원을 덮쳐갔다.

부우욱! 콰앙!

강기를 발현한 철검을 사정없이 휘두르는 궁뇌천.

콰앙! 쾅쾅쾅!

아까만큼의 위력이 아니었기에 명원이 두 합 세 합 간신히 버텼다.

극심한 부상으로 상태가 온전치 않은 무양과 구대통이 즉각 합세하며 다시 경천동지할 싸움이 시작됐다.

어이없게도 천하 최강이라던 무림삼성이 상대가 되지 못했다. 훨씬 빨랐고, 훨씬 강력했으며, 훨씬 파괴적이었다.

분명 사력을 다하고 있는 무림삼성이었으나 그 어느 것 하나 미치지 못해 보는 이로 하여금 경악을 금치 못하게 만들었다.

입이 딱 벌어질 만큼 경이적인 무위.

콰콰쾅!

이윽고 몇 번 부딪치지도 않고 무림삼성 세 사람이 피를 뿌리며 날아가 뒹굴었다.

무림삼성이 이런 비참한 꼴을 당할 것이라곤 상상도 해보지 못한 순간들.

처참했다. 명원신니는 목이 잘리지 않은 것을 감사해야 할 만큼 목에서 피를 뿜고 있었고, 무양은 어깻죽지가, 구대통은 가슴과 옆구리를 베여 고통스럽게 움켜쥐고 있었다.

"감히 누군가를 죽이려 한 죄다!"

누군가는 당연히 자신의 아들이었고, 무림삼성은 궁외수라는 것을 알아들었다.

궁뇌천은 굳이 몸을 움직여 도륙할 필요도 없다는 듯 검을 손에서 떠나보냈다.

쉬익!

이기어검(以氣御劍). 강기를 머금은 채 허공을 날아가는 검이었다.

그런데 검이 첫 번째 목표물인 구대통의 목 앞에 이르렀을 때 뒤쪽 멀리 있던 시시가 헐레벌떡 달려 나왔다.

"잠깐만요. 멈추세요!"

궁뇌천이 시시의 목소리를 모를까.

아슬아슬하게 구대통의 눈앞에서 멈추는 검.

편가연이 있는 곳까지 달려온 시시가 그녀 옆에 서서 조심스럽게 말했다.

"저… 세 분을 보내주시면 안 될까요?"

"뭐야, 너도 네 주인과 같은 이유냐?"

"네, 대협!"

궁뇌천이 인상을 찌푸렸다.

시시로선 어쩔 수 없었다. 무림삼성을 살려 보내면 계속 궁외수를 노릴 테지만 그들을 죽여 버렸을 때 발생할 일이 더 크기 때문이다.

시시는 다시 조심스럽게 궁뇌천 앞으로 다가갔다. 그리고 무림삼성 세 사람을 등지고 궁뇌천 옆에 붙어 서서 눈치껏 자신의 의사를 전달했다.

"……?"

[다시 건들지 말란 약속만 받아달란 뜻이냐?]

시시의 손짓 발짓을 헤아린 궁뇌천이 뇌전성(腦傳聲)으로 물었다.

갑자기 머릿속에 궁뇌천의 목소리가 울리자 깜짝 놀란 시시. 눈을 동그랗게 뜨고 올려다보며 일단 열심히 고개부터 끄덕이고 보았다.

"음……."

잠시 시시를 보던 궁뇌천이 돌아섰다.

"일어나라! 살려주겠다!"

구대통, 무양, 명원은 반응하지 못했다. 겪어보지 못한 치욕인 탓이다.

궁뇌천이 구대통 앞에 떠 있던 자신의 검을 곧바로 회수했다. 그리고 무심한 듯 말을 이어갔다.

"네놈들은 내가 몹시 궁금할 테지. 흐훗, 헛심 빼지 마라. 어차피 곧 알게 될 일이다."

"……?"

"일어나 꺼져! 살려주는 대신 네놈들에게 어쩌란 말은 안 하겠다. 살고 싶지 않으면 알아서 해! 다시 내 눈에 띄든지, 다시 이곳 극월세가에 쳐들어와 봐. 그 순간 네놈들은 죽을 것이고 네놈들의 무당, 점창, 아미 역시 이 세상에서 깔끔히 사라지게 될 것이다. 내가 쓸어버릴 테니까!"

시퍼런 안광을 흘리는 궁뇌천.

엄청난 말이었다. 무림삼성뿐 아니라 송일비와 조비연, 편가연과 시시도 경악했다.

그런데 그것이 허언이 아니란 것은 이미 모두가 확인한 일.

"으으……."

구대통이 치욕에 떨었다.

무양이 분을 참지 못하는 그를 억지로 만류했다.

"일어나라. 오늘은 돌아가는 수밖에 없다."

무양이 갈라진 어깨를 잡고 먼저 일어서는 모습을 보였다.

극심한 부상의 구대통도 어쩔 수 없이 어기적어기적 일어날 수밖에 없었다. 그리고 조금 떨어져 있던 명원도 두 사람에게 곧바로 합류했다.

"……."

그들은 궁뇌천을 마주하고서도 입도 뻥끗하지 못했다. 아니, 할 수 없었다. 조금이라도 무엇을 지껄이면 당장 목을 치려 달려들 것 같은 서슬이 확연했기 때문이다.

지혈조차 못 한 채 돌아서는 세 사람. 그 당당하고 위압감 넘치던 모습은 온데간데없고 치욕만 떠안은 초췌한 세 늙은이가 떠나고 있을 뿐이었다.

그때 보고 있던 궁뇌천이 발밑의 무언가를 가볍게 툭 걷어챘다.

즉시 예리한 파공성을 일으키며 날아가는 물건. 구대통이 흘린 비파검이었다.

자신의 검조차 챙길 정신도 갖지 못할 만큼 울분에 찬 그들. 매서운 파공성에 돌아본 무양이 질색을 하며 팔을 뻗었다. 구대통의 등판을 정확히 향하고 있었기 때문이다.

콱!

무양이 검을 잡았다. 하지만 날아온 힘을 온전히 견디지 못했다.

손가락 하나 깊이만큼이나 등짝을 파고든 검첨(劒尖).

엉거주춤한 자세로 걷던 구대통이 고통에 겨운 눈초리로 돌아보고 거듭 이를 악물었다.

마지막까지 씌워진 수모에 구대통은 피눈물이 흐를 지경이었다.

다시 구대통을 잡아끄는 무양.

그들이 눈앞에서 사라지자 시시가 즉시 머릴 조아렸다.

"감사합니다, 궁 대……."

궁천도란 이름을 기억하는 시시가 궁 대협이라 부를 뻔했다가 얼른 입을 틀어막고 울상을 했다.

그녀의 귀여운 실수를 궁뇌천이 픽 웃음으로 응수했다.

"그래그래, 잘 지켜라, 비밀!"

끄덕끄덕.

쏙 들어간 자라목을 하고 다른 사람 눈치를 보며 열심히 고개를 끄덕이는 시시.

"공자님이?"

외수가 생각난 시시가 궁뇌천을 내버려 두고 외수가 있는 곳으로 달렸다.

그 바람에 편가연과 조비연도 외수에게로 향했다.

두두둑, 두둑!

그사이 궁뇌천은 다시 추레한 늙은이의 모습으로 변체환용을 했다. 그런 뒤 시시를 쫓아 천천히 따라 걸었다.

"공자님, 공자님?"

송일비는 지금도 지혈을 위해 외수의 오른쪽 가슴을 누르고 있었고, 멀리 의원들이 달려오고 있었다.

외수를 붙잡고 그의 가슴팍 위에 눈물을 뚝뚝 떨어뜨리는 시시.

뒤에서 내려다보던 궁뇌천이 그녀의 어깨를 다독이며 같이 옆에 앉았다.

"비켜보아라. 이런 정도론 안 죽으니 걱정 말고."

"정말요?"

"그럼, 이것보다 더한 경우도 있었잖느냐."

"그, 그렇군요. 살려주세요."

"당연하지. 흐흐, 걱정 말고 비켜 있으라니까."

"네."

다시 능청스러워진 늙은이의 모습으로 돌아간 궁뇌천. 시시는 전에 외수가 편가연을 구하고 크게 다쳤을 때 짝귀란 당나귀를 끌고 나타난 그와 하룻밤을 같이 보냈던 것을 기억하며 일어났다.

그리고 궁뇌천은 또 한 번 진기를 운용해 치료에 들어갔다.

츠츠츠츠……

빠르게 멎는 피.

허리를 굽힌 채 외수와 궁뇌천을 보고 있던 편가연이 눈짓으로 시시에게 물었다. 누구냐고. 어떻게 된 일이냐고.

그 물음은 조비연과 송일비도 궁금한 것이어서 모두 시시의 얼굴만 뚫어져라 쳐다보았다.

하지만 비밀로 하라는데 어찌 대답할 수 있을까.

시시는 작은 입을 꼭 닫고 고개만 설레설레 저을 뿐이었다.

"됐다. 이제 방으로 옮겨라."

궁뇌천이 손을 거두고 일어나자 대기하고 있던 의원들이 달라붙어 빠르게 외수를 옮겨갔다.

시시를 비롯해 줄줄이 따라 들어가고 편가연만 위사들과 남았다.

외원들에 의해 옮겨지는 외수를 보고 있는 궁뇌천. 다시 노인의 모습으로 돌아간 그의 눈치를 보던 편가연이 조심스럽게 머리를 조아렸다.

"다시 한 번 감사드립니다."

"되었다!"

보지도 않고 대답만 하는 궁뇌천.

편가연은 이미 엄청난 사람임을 확인했기에 다시 초라한 노인의 모습을 하고 있어도 그에게서 풍기는 위압감을 놓치지 않았다.

"안으로 모시겠습니다. 들어가세요."

"그래. 먼저 들어가거라."

뜻을 헤아리지 못한 편가연은 엉거주춤 눈치를 보다 어쩔 수 없이 먼저 별채로 향했다.

그녀의 뒷모습을 물끄러미 보고 있던 궁뇌천. 편가연이 안으로 들어가는 걸 확인한 뒤에야 슬그머니 옆으로 고개를 돌렸다.

가지를 길게 늘어뜨린 나무와 평상이 있는 곳. 거기에 아까부터 자신을 뚫어지게 바라보고 있는 눈길이 있다는 걸 궁뇌천은 알고 있었다.

우두커니 선 반야.

씩 미소를 흘린 궁뇌천이 뒷짐을 진 상태로 터덜터덜 그녀에게로 걸어갔다.

그때까지 반야는 미동도 않고 다가오는 궁뇌천을 응시했다.

"후훗, 마치 내가 어디 있는지 무얼 하는지 다 보고 있는 듯하구나?"

"네. 느낄 수 있으니까요."

"후후후, 그래. 들어가기 전에 내게 할 말이 있는 거지?"

"네."

"무엇이냐. 말해라."

"궁 공자님의 아버님이시죠?"

"으윽!"

크게 놀라는 척을 하는 궁뇌천.

"후훗, 비밀 약속을 받아야 할 녀석이 하나 더 생겼구나. 지킬 테냐?"

"왜 비밀로 해야 하는지 말씀해 주시면요."

"뭐? 이러기냐? 내가 네 눈의 독도 제거해 주었는데?"

"그럼 관두세요."

찬바람을 일으킬 듯 도도한 모습으로 궁뇌천의 앞을 휙 지나가 버리는 반야.

"엇, 어딜 가느냐."

궁뇌천이 얼른 그녀의 손목을 붙들었다.

"방에요."

"알았다, 알았어. 말하겠다."

반야가 들을 준비가 됐다는 듯 다시 궁뇌천을 향해 돌아섰다.

어이가 없단 듯 콧방귀를 뀐 궁뇌천이 삐딱하게 노려보다 입을 열었다.

"내가 마교의 마왕이기 때문이다."

"……."

반응이 없는 반야.

궁뇌천이 다시 인지시켰다.

"뭐야, 안 놀라느냐? 내가 일월천의 교주 첩혈사왕이라니까?"

궁뇌천의 안달에 가만히 응시하던 반야가 갑자기 바닥에 다소곳이 앉아 머리를 조아렸다.

"사죄드립니다. 짐작하던 바를 확인했을 뿐입니다. 무례를 용서해 주세요."

"허헛, 그것참! 일어나라!"

멋쩍은 궁뇌천이 반야를 일으키고 다시 확인했다.

"알고 있었다고?"

"네. 할아버지께 들은 적이 있습니다. 할아버지를 능가하고, 무림삼성을 한꺼번에 제압할 수 있는 존재가 있다면 마도의 절대자 첩혈사왕일 것이라고. 그래서 짐작을 했습니다."

"대단한 식견이구나."

"돌아가신 할아버지 덕분에……."

"그래, 이제 어쩌겠느냐."

"아버님께서 밝히실 때까지 입을 열지 않겠습니다."

"아버님?"

"그렇게 불러도 될까요?"

당돌한 반야.

"당연히 안 되지. 그런데 왜?"

"불러본 기억이 너무도 아득해서……."

궁뇌천이 씨익 웃었다.

"흠, 외수 놈을 사랑하는 건 아니고?"

"……."

 멈칫하며 빨갛게 얼굴이 달아오르는 반야였다. 그녀는 궁뇌천을 마주하지 못하고 고개를 푹 처박았다.

 빙글대는 궁뇌천.

 "크흐흐, 녀석! 너만 귀신인 줄 알았더냐. 되었다. 네가 비밀을 지켜주면 나도 비밀을 지켜주마."

 "……."

 여전히 불덩이가 된 얼굴을 들지 못하는 반야.

 "후후, 들어가자. 이 집 밥이나 얻어먹고 가야겠구나."

 궁뇌천이 잡고 있던 반야의 손을 자신의 팔에 걸쳤다.

 나란히 별채로 향하는 두 사람. 조금은 어색한 부녀간의 모습을 연출하고 있었다.

第五章
천금을 주고도 못 사는 그녀

팔방풍우를 '광무난파(狂舞難破)'라 칭하더군, 그놈은.

―궁외수의 무공 초식을 두고

　유모와 함께 뒤채를 나와 서성이던 항아. 갑자기 들려온 싸움 소리에 뒷마당에 나와 있던 그녀였다.
　앞쪽 세가의 상황을 살피러 갔던 빙설화, 빙설영 등 빙녀 세 명이 급한 듯 빠른 걸음으로 돌아오자 계단까지 내려서며 급히 물었다.
　평소와 다른 기색. 그녀들답지 않게 허겁지겁 서두르는 모습이었고 얼굴도 놀란 기미가 확연한 모습이었다. 심지어 셋 중 막내인 설영은 검을 쥔 손을 가늘게 떨기까지 할 정도였다.
　"무슨 일이었지? 어떻게 되었어?"

신녀 항아의 물음에 맏이인 설선이 대답했다.

"침입자가 있었습니다. 무림삼성이란 자들 같더군요."

"무림삼성?"

"네. 중원을 대표하는 대문파 무당, 점창, 아미파의 초극고수 세 사람입니다. 백도 무림 최강자들로 알려진 인물들이고 나이 또한 구순을 넘긴 괴물들입니다."

이미 싸우는 소리로 대단한 자들이 침입했음을 짐작하고 있던 항아였다.

"그들이 왜?"

"이곳 궁외수 공자와 얽힌 문제가 있는 모양입니다. 살검을 휘두르더군요."

"그래서 어찌 됐어?"

"궁외수 공자와 싸움이 벌어졌고 그가 다쳤습니다."

"다쳐? 많이?"

"예, 조금. 치명상은 아닙니다."

"침입자들은?"

"그게……."

뜸을 들이는 빙설선. 그녀는 머릿속 놀라운 기억을 다잡으려 입술을 꼭 깨문 뒤 빠르게 발설했다.

"궁외수가 다친 후 보지 못했던 정체불명의 인물이 나섰고, 뜻밖에도 그가 압도적인 무위로 순식간에 세 늙은이들을 제압했습니다. 거의 농락하는 수준이었는데 편 가주의 부탁 때문에 죽이진 않았고 대단한 치욕을 안겨서 살려 보냈습니다."

"……?"

중원 최고의 초극 고수들을 순식간에 제압했다는 말에 항아가 놀라움을 표하자 빙설선이 계속 말을 이었다.

"사실은 신녀님, 그자의 무위는 보고서도 믿기지 않을 정도로 어마어마했습니다. 저희들로선 상상도 해보지 못한 그런 무위였습니다."

듣고 있던 유모가 반응했다.

"어느 정도였기에?"

"그게 말로 설명하기도……. 저희들이 파악한 바론 무림삼성이란 노괴들조차 그 개개인이 전대 신녀님들에 버금가는 무위를 지닌 것으로 알고 있습니다. 그런데 그런 그들을 단일격에 해치웠습니다."

"뭐, 뭣?"

유모의 눈살이 격하게 일그러졌.

"말도 안 되는 소리! 어떻게 그럴 수 있단 말이냐. 너희들이 잘못 보았겠지. 인간의 무위가 그런 경지에 도달할 수는 없는 일이다!"

"아닙니다, 마마님! 앞에 나가보시면 아시겠지만 무려 삼십여 장(丈)의 파괴 흔적을 남겼을 정돕니다. 단 일검에 말이죠."

"······?"

항아도 유모도 당최 믿기지 않는 어리둥절한 표정으로 설화와 설영까지 번갈아 쳐다보았다.

빙설선이 말을 이어갔다.

"아마 여기 극월세가의 식구는 아닌 듯했습니다. 싸우기 전 축골공(縮骨功) 같은 변체환용술을 이용해 모습을 바꾸더군요."

"변체환용?"

"예, 분명 작고 꾀죄죄한 노인의 모습이었는데 모습을 바꾸었을 땐 오십 줄의 아주 건장한 중년 남성이었습니다."

"어떤 게 본 모습이란 말이냐?"

"아마도 중년인의 모습이 진짜가 아닐까 싶습니다. 무림삼성 같은 극강 고수들 대적하려면 본래의 육신이 필요했을 테니까요."

"그렇겠군."

유모도 항아도 그 말엔 고개를 끄덕였다.

"지금 어디 있느냐?"

"저기 별채로 들어갔습니다. 극월세가 식구들과 같이."

별채를 가리키는 빙설선. 충격이 가시지 않은 듯 가리키는 그녀의 손끝도 떨렸고, 그녀의 손길을 따라 별채를 쳐다보는 유모 시선도 떨렸다.

"중원에 기인이사가 많다곤 해도 당최······."

도저히 믿기지 않는단 듯 고개를 저으며 별채를 주시하는 유모. 항아 역시 잠시 별채를 응시하다 묵묵히 돌아서 안으로 들어갔다.

*　　　*　　　*

"입에 맞으세요?"
"허허, 그래. 맛있구나. 아주!"
　시시는 식사를 하고 있는 궁뇌천 앞에 계속해서 음식을 가져다 날랐다.
　외수가 치료를 받는 동안 본채 식당으로 와서 식사를 하고 있는 그였다.
"너도 그만 가져오고 어서 앉아서 먹도록 해라."
"네. 많이 드세요."
　신이 난 시시였다. 곤양, 궁천도란 이름으로 알고 있는 외수의 아버지. 그를 이렇게 대접하는 게 한없이 좋고 기쁜 그녀였다.
　음식을 나르던 시시가 짐짓 눈을 흘기며 궁뇌천에게 따지듯 말했다.
"미워요. 어떻게 그렇게 감쪽같이 속이셨어요? 곤양에서도 그렇게 딱 잡아떼시더니. 완전히 속았잖아요."
"흐흐, 그래. 미안하구나. 쩝쩝, 우적우적."

"호호, 하긴 아드님이신 궁 공자님도 몰라봤으니."

마지막 접시를 가져다놓고 마주앉는 시시.

"그나저나 공자님을 그렇게 쭉 속여오신 거예요? 공자님께선 아버님을 완전히 도박꾼에 술주정뱅이 호색한으로 알고 계시던데, 왜요?"

"움, 컥컥!"

사래가 걸려 기침을 해대는 궁뇌천.

두 팔로 턱을 괴고 더욱 얼굴을 가까이 붙인 시시가 눈망울을 반짝이며 다시 물었다.

"그런데 어떻게 무공이 그렇게 강할 수가 있죠? 전 정말 놀랐어요. 무림삼성보다 강하신 분일 줄은. 우와!"

두 팔을 펼치며 감탄을 넘어 존경스럽단 동작을 해보이는 시시.

"흐훗, 그까짓 놈들쯤이야 뭐. 흐흐흐."

궁뇌천이 화답하듯 어깨를 으쓱거려 보였다.

"호호호, 역시! 과거 가주님과 총관께서 보신 게 틀림없었네요. 너무 좋아요. 어쨌거나 이제 우리 극월세가는 걱정 없게 생겼어요."

"응?"

"많이 드세요. 이제 매일매일 제가 이렇게 차려드릴게요."

"매일매일?"

"네."

"호호, 아니다. 나도 어여쁜 네가 차려주는 밥상을 매일매일 받고 싶다만 여기 있을 순 없다."

"어머, 왜요? 공자님이 여기 있는데 어디 가시려고요. 아드님 찾았잖아요."

"호호, 그래. 하지만 볼일이 있다."

"그럼 금방 다시 오실 건가요?"

"아니. 그러고야 싶지만 자주 오진 못할 것 같구나."

"어머! 왜요, 왜요?"

응석을 부리는 아이처럼 울상을 하고 아쉬워하는 시시.

"어이쿠, 그런 표정이라니. 그렇게 아쉬우냐?"

"당연하죠. 왜 길을 떠돌려고 하세요. 진짜로 아드님 찾으러 다니는 것도 아니시면서."

"하하. 알았다, 알았어. 우리 예쁘고 착한 예비 며느리 보기 위해서 자주 들러야 할 것 같구나. 하하하."

"……?"

며느리란 말에 시시의 눈망울이 놀라 휘둥그레졌다.

"왜 그러느냐? 내 며느리가 되겠다고 약속하지 않았느냐."

"그건……?"

얼굴이 불덩이가 된 시시.

"그건 아버님인 줄 모르고 농담하시는 데 그냥 화답한 거… 였… 잖아요."

"엥, 무슨 소리냐? 그럼 내 며느리 하기 싫단 말이냐?"

천금을 주고도 못 사는 그녀 147

"아니 뭐……."

시시가 우물쭈물 머뭇거리자 궁뇌천이 선수를 쳤다.

"흠, 그래? 하긴 외수 놈이 좀 많이 못생긴 데다 재수도 없고 인기도 없는 놈이긴 하지. 쩝쩝!"

서운하단 듯 입맛을 다시는 궁뇌천

그러자 시시가 두 팔까지 내저으며 펄쩍 뛰었다.

"아니에요, 아니에요. 그럴 리가요. 그런 것보다 공자님껜 정혼을 하신 가연 아가씨가 계시잖아요. 그리고……."

"에잉? 정혼녀가 있어서 안 된다?"

"그럼요. 뿐만 아니라 저는 아가씨를 모시는 몸종인데 한낱 노비가 어찌……. 어쨌든 말도 안 되는 말씀이세요."

얼굴이 시뻘게진 것만이 아니라 두근두근 가슴까지 뛰어대는 시시. 행여 들킬까 봐 감히 눈도 마주하지 못했다.

못마땅하단 표정으로 아예 수저를 놓고 팔짱을 낀 채 째려보는 궁뇌천.

어쩔 줄 몰라 황망하기만한 시시다.

거기에 궁뇌천은 대놓고 물었다.

"외수 녀석이 너 싫대?"

다시금 펄쩍 뛰는 시시.

"아니요!"

"그럼 네가 싫은 거냐?"

"아니요, 아니요. 왜 자꾸 그런 말씀을……."

결국 울상을 짓는 시시.

궁뇌천이 그런 시시를 보며 빙긋이 웃었다.

"흐흐, 애야. 내가 말한 걸 농담으로 받아들였더냐. 녀석에겐 네가 필요해. 너는 외수에게 없어서는 안 될 존재야."

"네, 평생 공자님 곁에 있을 거예요. 아가씨와 공자님을 모시며. 그러니 그런 말씀은 제발……!"

"그런 뜻이 아니다. 그럼 바꿔서 물어보마. 그럼 녀석이 편가연은 좋대? 녀석이 정혼 문서대로 혼인을 하겠다던?"

"그, 그건……."

대답을 못하고 우물대는 시시.

"종이에 설정된 그런 인연보다 운명처럼 연결된 인연이 무서운 법이란다. 시녀인 네 입장에서야 내가 억지로 연결시키는 것처럼 여겨질 테지만, 아니다. 너희는 이미 하늘이 그리 되도록 콕 찍어서 세상에 내어놓은 인연이다."

"운, 운명, 인연… 이라고요?"

"그래. 아가야, 내 말을 명심해라. 스스로를 하찮게 여기지 마라. 너는 외수에게 천금(千金)을 주고도 살 수 없는 아이다."

"……."

말을 잃고 멍하니 궁뇌천을 쳐다보는 시시. 감정이 추슬러지지가 않았다.

좋은 건지 나쁜 건지, 심지어 죄를 짓는 것 같이 떨리고 두

근대는 마음. 쿵쾅쿵쾅 심장이 터져 버릴 것만 같았다.

그때 편가연이 설 총관, 시녀들과 함께 들어섰다.

"시시."

도둑질하다 들킨 사람처럼 뜨끔한 시시가 부리나케 일어나 그녀를 맞이했다.

"아가씨……."

이미 벌게진 얼굴. 숙여진 고개를 들 수가 없었다.

그러나 다행히 편가연은 궁뇌천에게 집중했다.

"준비한 음식은 입에 맞으셨는지요?"

"흐으음, 그래. 잘 먹었다."

포식을 했다는 듯 의자에 기대며 느긋한 자세를 취하는 궁뇌천.

"다시 한 번 감사드립니다. 제 아버지를 살해하고 저희 세가를 노리는 흉수들을 제외하면 실질적으로 가장 큰 골칫거리였던 이들을 제거해 주신 것입니다."

거듭된 그녀의 인사에 궁뇌천이 말을 돌렸다.

"흠! 녀석은 어쩌고 있느냐?"

"치료는 끝낸 상태인데 깨어나지 못하고 있습니다."

"걱정마라. 그 정도는 견딜 수 있을 테니."

"네. 그리 믿고 있습니다."

"음, 그래, 밥도 얻어먹었으니 이제 가봐야겠군."

느닷없이 궁뇌천이 일어났다.

"……?"

당황한 편가연. 대화를 통해 어떤 사람인지 알아볼 생각이었는데 갑자기 간다고 하니 어찌할 줄을 몰랐다.

"가신다고요? 차라도 한잔하시며……."

"되었다. 이것저것 바빠. 약해빠진 그 녀석이나 보고 가련다."

휘적휘적 별채를 향해 걸어가는 궁뇌천. 하는 수 없는 편가연이 아쉬움을 삼키며 뒤를 따랐다.

궁뇌천이 안정을 위해 의원들까지 나와 있는 외수의 방문 앞에 이르자 시시가 앞서서 조심스레 문을 열어주었다.

편가연은 궁뇌천이 들어간 뒤 따라 들어가려는 시시의 팔을 얼른 붙잡아 뒤로 끌었다.

"시시!"

"네, 아가씨!"

"시시, 어떻게 된 거지? 저분은 누구야? 아니, 도대체 어떤 게 진짜 모습이야? 노인이야, 중년의 인물이야?"

다소 상기된 얼굴로 참았던 궁금증을 토해놓는 편가연.

시시가 곤란한 표정으로 머뭇거렸다.

"아가씨께서 많이 놀라셨군요."

"그럼 넌 안 놀랐어? 사람이 막 젊어졌다 늙은이가 되었다 하는데? 거기다 그 무공은? 너도 봤잖아. 일검에 무림삼성을

천금을 주고도 못 사는 그녀 151

날려 버리던 그 엄청난 무력 말이야. 난 아직도 꿈인지 생시인지 의심스러울 정도인데 넌 알고 있었던 거야?"

궁뇌천이 외수의 아버지, 즉 20년 전 자신의 아버지 편장우를 구했던 그 인물일 것이라곤 이 순간 조금도 생각지 못하고 있는 편가연이었다.

"아니요. 무공을 하시는 건 알았지만 그처럼 어마어마하실 줄은 저도 오늘에야……"

곤혹스러운 시시. 편가연 앞에선 표정뿐 아니라 무엇이든 숨길 수가 없는 그녀였다.

"뭐야, 나에게 말 못 할 사연이 있는 거야?"

"죄송해요, 아가씨! 조금만 참아주세요. 나중에 말씀드릴게요. 사정이 있으신 듯하니 지금은 말씀드릴 수가 없… 어요."

"음, 나에게조차 비밀로 해야 될 일이란 말이야?"

"죄송해요. 공자님께서도 모르시는 데다 제 입으론 먼저 발설할 수 없는 일이라."

가만히 시시의 표정을 살피는 편가연.

"알았어. 네가 곤란한 일이라면 까닭이 있겠지."

누구보다 시시를 믿는 편가연이었다.

"네. 나쁜 일은 아니니 모른 척해주세요."

"그런데 그것, 너만 아는 거야?"

"네."

시무룩한 시시의 대답에 고개를 끄덕이는 편가연.
시시를 의심하지 않는 그녀의 마음만큼이나 단호히 편가연은 더 이상 묻지 않았다.

궁뇌천이 방에 들어서자 자는 듯 누워 있는 외수의 손을 꼭 잡고 있던 반야가 일어났다. 침대 옆에 붙어 앉아 기도하듯 외수의 상태를 걱정하고 있던 그녀였다.
유일하게 방 안에 남아 있는 그녀.
"앉아라. 일어서지 않아도 된다."
손짓까지 하는 궁뇌천을 느낀 반야가 다시 얌전히 앉았다.
여전히 외수의 손을 놓지 않고 있는 반야를 지그시 내려다보는 궁뇌천.
"너의 좋은 선기 덕분에 녀석이 빨리 완쾌하겠구나."
궁뇌천의 말에 반야는 의식 못 했단 몸짓을 하며 슬그머니 손을 놓았다.
"후후, 말하지 않았더냐. 잡고 있어도 괜찮다."
"……."
쑥스러워 고개를 주억대는 반야.
궁뇌천은 반야가 시시 못지않은 훌륭한 선천지기를 지녔다는 걸 알고 있었다. 만물의 싹을 움트게 하는 자양(滋養)과 같은 소생(蘇生)의 기운.
시시가 극악한 기운을 갖고 태어난 외수에겐 절대적으로

필요한 존재라면 반야는 모든 이에게 두루 미치는 기운이었다.

'그래, 복인 게지. 이런 아이들이 옆에 있다는 건.'

물끄러미 외수를 내려다보는 궁뇌천은 다시 가슴이 미어졌다.

스스로 뛰쳐나온 세상.

'그래. 운명에 맞설 테면 맞서보아라. 나도 도우마.'

지그시 어금니를 물었던 궁뇌천은 천천히 감정을 추스르고 반야를 보았다.

"눈이 아프진 않느냐?"

"조금요."

"내가 태운 독이 흘러나왔기 때문일 것이다. 오늘이 지나면 괜찮을 테니 걱정 말아라. 거의 다 태우긴 했다. 그래도 미분이라도 완전히 제거하지 않으면 희망이 없기에 남은 독의 독성을 알아본 뒤 완전히 제거해 주마."

"감사합니다."

"그래, 이만 가야겠구나. 훗날 다시 보자꾸나."

지체 없이 돌아서는 궁뇌천.

오자마자 간다는 말에 당황해 다시 일어난 반야는 어쩔 수 없이 궁뇌천의 뒤에다 대고 인사를 할 수밖에 없었다.

"다시 뵙겠습니다. 안녕히 가세요."

"오냐오냐."

　　　　　*　　　*　　　*

"따라 나올 것 없다. 알아서 가마."

궁뇌천은 문밖에 대기하고 있던 편가연과 시시 등이 줄줄이 따라 움직일 기미를 보이자 바로 제지하곤 미련 없이 별채를 빠져나갔다.

멍하니 섰던 편가연이 미처 생각 못 했다는 듯 다시 시시를 붙들었다.

"시시, 그냥 보내드려도 될까?"

"네?"

"전에 네게 돈을 꾸어갔다며? 그럼 이게 필요하시지 않을까?"

"아!"

시시가 환한 미소를 지었다.

"어서 전해드려!"

편가연이 시시의 손에 건넨 것은 작은 돈주머니였다.

곤양 땅의 '궁천도'가 전부인 걸로 아는 시시는 바로 편가연의 돈주머닐 받아 들고 부리나케 밖으로 달렸다.

"잠깐만요. 잠깐만 기다리세요."

궁뇌천이 본래의 그답지 않은 걸음으로 휘적휘적 걸어가다 소리를 지르며 달려오는 시시의 호들갑에 잠시 멈추어 돌아섰다.

"호호호, 깜빡했어요. 이거 가지고 가세요."

자랑스럽게 궁뇌천의 손에다 덥석 돈주머닐 쥐어주는 시시.

"뭐냐, 이게?"

"아가씨의 전낭이에요. 그러니 많이 들었을 거예요. 호호."

시시가 아주 뿌듯하다는 듯 방긋방긋 함박웃음을 흘려댔다.

궁뇌천은 그 웃음에 초를 칠 수 없었다.

"호호호, 그래. 잘 쓰마."

멋쩍은 웃음을 흘린 뒤 다시 길을 이어가는 궁뇌천.

그런데 그때 뒤에서 뿌듯이 지켜보고 있던 시시가 두 손을 입에 붙이고 소릴 쳤다.

"여자 있는 술집이나 도박장 가서 한끼번에 다 탕진하심 안 돼요!"

"윽!"

삐끗 발을 헛디딘 사람처럼 휘청거리는 궁뇌천. 쑥스럽고 민망해서 돌아볼 수조차 없었다. 지금 할 수 있는 것은 자신이 알고 있는 최고의 신법으로 어서 꺼져 버리는 것.

쑹—

쏘아진 화살처럼 극월세가 하늘을 순식간에 까마득히 날

아가는 궁뇌천.

그럼에도 시시가 가만 놔두질 않았다.

"이야. 멋져요. 정말 대단하서요!"

마치 응원이라도 하듯이 고함을 딸려 보낸 시시. 궁뇌천이 완전히 사라질 때까지 끝까지 보고 섰다가 아쉬운 듯 혼자 중얼거렸다.

"히히! 저런 무공을 공자님께도 가르쳐 드리면 좋을 텐데."

* * *

구대통과 무양, 명원 세 사람은 부상을 돌볼 생각도 없이 얼빠진 사람들처럼 멍한 시선만 던지고 있었다.

제법 큰 개울이 내려다보이는 길옆 풀숲에 아무렇게나 퍼질러 앉은 세 사람. 아무리 생각해도 이 기막힌 상황이 현실 같지 않은 탓이다.

일원의 경지에서 하늘 베기.

자신들이 인간이 이룰 수 있는 최고의 극점에 도달한 존재들이고, 더 이상의 경지는 없다고 확신하며 자부심까지 가졌던 그들이기에 와닿는 충격은 이루 말할 수 없었다.

"도대체 어떤 놈인 거야!"

구대통이 버럭 화를 토하듯 소릴 질렀다.

자존심 때문이었다. '일원경'이라는 경지를 확인한 것에 대한 충격이야 말할 것도 없었고 정체도 알 수 없는 자에게 수치스런 패배를 당했다는 사실.

그것도 셋이서 일방적으로.

무양과 명원은 구대통을 돌아보지 않았다. 이 순간 서로 얼굴을 본다는 것 자체가 낯 뜨겁고 민망한 탓이다.

평생 겪어보지 못한 패배. 어디 가서 하소연하기는커녕 오히려 알려질까 두려운 수모 아닌가.

차라리 어디 가서 콱 죽어버리고 싶은 심정. 아무도 몰래 먼 곳으로 떠나 숨어버리고 싶은 심정이었다.

그런 자가 있었다니. 자신들이 일초지적(一招之敵)도 되지 못할 만큼 그처럼 막강한 자가.

서로 말을 잃고 비통한 침묵만 삼키다가 문득 무양이 중얼거렸다.

"마도의… 절대자."

그제야 구대통과 명원이 쳐다보며 서로 얼굴을 마주했다.

"뭐라고?"

"그자는 마도 통일의 주역, 첩혈사왕일 가능성이 높아."

"뭐라고? 무슨 소리야? 첩혈사왕? 그놈이 여기 왜 있어? 그것도 혼자, 거기다 그 거지꼴을 하고."

구대통이 발끈했으나 무양은 계속 중얼거리듯 대꾸했다.

"놈이 여기 왜 있고, 왜 그런 꼴인지는 중요하지 않아. 그놈 말고는 설명이 안 되니까. 여기 중원엔 우리가 모르는 존재가 있을 수 없고, 마도의 인물이라면 그 이름이 가장 가능성이 높잖아."

"……."

구대통도 명원도 반박을 못 했다. 듣고 보니 고개를 저을 수 없었기 때문이다.

"그럼, 그… 첩혈사왕이 극월세가와 관련이 있단 말이야?"

"그 인간이 맞다면."

"……?"

놀란 기색을 떨치지 못하는 구대통. 어두운 기색도 같이 뭉쳤다.

"말도 안 돼……."

애써 부정해 보려는 구대통. 마도 절대자와 중원 최대 금력(金力)을 지닌 상가의 연합이라니. 상상조차 하기 싫었다.

그런 끔찍한 일이라니. 더구나 영마인 궁외수가 연관되었다는 건 더더욱 상상조차 하기 싫은 일이었다.

하지만 연결 짓고 싶지 않아도 자꾸 머릿속이 그쪽으로 끌려가는 건 어쩔 수 없었다.

"그럼, 세가 앞 화평객잔에 있던 그 세 놈들도?"

궁뇌천의 명을 받고 임무 수행 중인 광마 벽사우, 흑혈 역수, 귀영천사 풍미림까지 떠올린 구대통.

"그래, 그놈들도 마도 놈들 같았었지?"

점점 눈이 커지는 구대통이었다. 머릿속도 갈수록 복잡하게 뒤엉켜 구대통은 다시 한 번 고개를 세차게 가로저으며 부정했다.

"아냐. 그럴 리 없어. 말도 안 돼!"

그때 길 쪽으로부터 생각지도 못한 목소리 하나가 끼어들었다.

"뭐가 말이 안 된다는 거야?"

넋을 빼고 있다가 화들짝 놀란 무림삼성. 눈앞에 나타난 인간(?)을 보고 눈이 휘둥그레졌다.

깜찍한 얼굴에 화려한 용모. 느닷없이 다시 나타난 미기였다.

"너, 너는?"

"뭐야, 왜들 깜짝 놀라고 그래? 뭔가 나쁜 짓하려고 작당하고 있었어? 어라? 꼴들은 또 왜 이래?"

기겁하는 구대통은 물론 무양과 명원의 얼굴까지 확인한 미기가 놀란 표정을 했다.

진회를 떠나 금평왕부에 들렀다가 다시 세 사람이 있는 객잔으로 돌아오던 그녀였다.

보여선 안 될 꼴을 보인 세 사람이 오히려 더 당황했다.

"네가 어, 어떻게 여기 있는 것이냐?"

"……."

대답은 않고 물끄러미 세 사람을 내려다보는 미기. 싸운 흔적, 부상……. 무림삼성의 이런 모습이 충격인 탓이다.

세 사람을 이렇게 만들 수 인간.

민망해하는 그들을 보며 미기는 자신을 호위해 따라온 왕부 무장들부터 돌려보냈다.

"너희는 이만 돌아가."

길 쪽에 섰던 다섯 명의 무장이 즉시 복명했다.

"알겠습니다, 공주님. 그럼 차후에 다시 뵙겠습니다. 몸조심하십시오."

무장들이 떠나자 미기는 인상부터 썼다. 결코 가볍지 않은 부상. 태사조인 명원은 자칫 목이 달아날 뻔한 위험한 부상이었다.

"또 궁외수와 싸웠어?"

"……."

대꾸를 하기는커녕 쳐다보지도 못하고 외면하는 무림삼성. 지금까지 신경 쓰지 않고 있던 무참한 몰골을 추스르느라 손놀림이 분주했다.

"죽, 죽인 거야, 궁외수를?"

이 지경이 되었다면 궁외수가 죽었을 거라 생각한 미기였다.

구대통이 돌아보고 짜증을 토했다.

"너는 왜 돌아와서 신경을 긁는 게냐."

"대답이나 해! 죽였어?"

"이게 어디서 큰 소리를! 못 죽였다. 됐냐? 쉽게 죽을 놈이

천금을 주고도 못 사는 그녀 161

냐, 그놈이?"

"그, 그럼 당하기만 했단 말이야? 이렇게?"

일그러지는 구대통의 인상. 하지만 고함으로 맞받아칠 순 없었다. 다친 자존심 때문에.

"그놈이 아냐."

"엉? 무슨 소리야. 그럼 누군데?"

믿지 못하겠단 얼굴의 미기. 궁외수 말곤 무림삼성을 이렇게 만들 괴물이 떠오르지 않았기 때문이다.

"시끄러! 너와 입씨름할 시간 없다."

벌떡 일어나는 구대통. 그는 무양과 명원에게도 소리치듯 말했다.

"일어나! 어떤 인간인지 확인해 봐야겠어!"

"어떻게?"

부상을 인내하며 억지로 따라 일어나는 무양과 명원.

"무림맹으로 간다. 정말 그놈이 맞는지 극월세가나 궁외수와는 어떤 관계인지 놈에 대해 낱낱이 조사해 봐야겠어!"

"일월천 쪽으로 사람을 풀겠단 뜻이냐?"

"당연하지."

"……."

무양이 우려스런 얼굴로 구대통을 응시했다. 괜히 그쪽을 들쑤셨다가 들켜서 전쟁과 같은 사태만 불러올 수도 있었기 때문이다.

"뿐만 아니라 궁외수 그놈에 대해서도 확실히 알아봐야겠어. 누구의 자식인지 어떤 배경을 가졌는지. 필요하면 놈이 살았다는 곤양 땅까지 샅샅이 훑어서! 따라와. 지체할 시간 없어!"

몹시도 날카로운 상태의 구대통. 부상도 추스르지 못한 그가 이를 악물고 비척대는 몸뚱이로 움직였다.

그러자 보고 섰던 무양과 명원도 어쩔 수 없이 따라나섰다.

"뭐야?"

어리둥절해진 미기. 갑자기 일월천이란 이름이 튀어나오고 궁외수의 뒷조사를 한다는 말에 생각지 못한 긴장감이 일었다.

"일월천의 누군가에게 당했단 말인가?"

우두커니 섰던 미기도 천천히 세 사람 뒤를 따라 움직였다.

第六章

첫 경험

부전자전(父傳子傳)이란 말은 필시 그 말똥 부자를 두고 시작된 말이다.

—무림 역사 기록자

"으윽, 내가 왜 여기?"

"어멋! 움직이지 마세요, 공자님!"

깨어나자마자 일어나려 기를 쓰는 외수를 시시가 서둘러 제지했다.

가슴과 옆구리에 몰려든 통증 때문에 어쩔 수 없이 다시 눕는 외수.

방 안에 다른 이는 보이지 않았다. 손을 잡고 있는 반야. 그녀와 시시를 번갈아 쳐다본 외수는 보곤 다시 물었다.

"어떻게 된 거지?"

"다치셨잖아요, 무림삼성에게."

"그 늙은이들은?"

"극심한 부상을 입고 쫓겨… 갔어요."

"……?"

어렵게 대답을 한 시시. 외수가 어리둥절해하자 설명을 더 붙일 수밖에 없었다.

"공자님 의식 잃으시던 그 순간에 반야 아가씨를 치료하던 그… 할아버지께서 나서서……"

"그가? 영감은 어디 있어?"

"떠나셨어요. 점심 드시고 곧바로."

"……"

외수가 자신이 쓰러진 이후에 일어난 일에 대해 시시에게 듣고 있을 때 편가연과 조비연, 송일비 등이 줄줄이 들어왔다.

외수 자기만큼이나 여기저기 붕대를 둘둘 감고 있는 송일비와 조비연.

"많이 다쳤어."

"그래, 누구 덕분에. 이 완벽한 몸에 칼자국이 생겼다."

"후후."

"엇쭈, 웃어? 그나저나 그 변체환용을 한 고수는 누구냐? 귀수비면이란 별호로 불리는 나보다 더 완벽하던데?"

"…변체환용?"

* * *

"음……."

한곳에 시선을 고정하고 무거운 신음을 흘리는 외수.

정비가 시작된 별채 앞마당이었다.

"이게 그 흔적이란 말이지."

보고 또 보고. 그래도 믿어지지 않는단 듯 눈을 떼지 못하는 외수였다.

직접 상황을 목격했던 송일비와 조비연조차도 똑같았다. 영월관 앞길까지 뻗어나간 일검의 흔적. 다시 봐도 이게 현실인가 싶었다.

부상을 안고서도 외수를 따라 나와 선 두 사람. 외수가 의식 잃은 이후의 상황에 대해 듣자마자 달려 나가는 바람에 따라 나온 것이었다.

"도대체 어떤 인간이지? 정체가 뭐야?"

외수는 얼굴뿐 아니라 체격까지 바뀌었단 얘길 듣고 강한 불신이 일었다. 자신을 도왔다곤 해도 어딘지 미심쩍고 꺼림칙한 기분을 지울 수 없었다.

조금 뒤에 따로 떨어져 다소곳이 지켜보고 선 시시는 외수의 푸념에 가슴이 뜨끔했다. 하지만 오랫동안 밖에 나와 있는 그의 몸 상태부터 걱정했다.

"공자님, 자리에 누우셔야 해요. 그만… 들어가셔요."

외수가 턱을 만지작거리던 손을 들어 흔들어 보였다.

"아니야, 시시. 먼저 들어가. 어떻게 이게 가능한 건지 생각해 봐야겠어."

송일비가 발끈했다.

"야, 그거 노려보고 있다고 답이 나오냐? 직접 본 우리도 전혀 감이 안 잡히는데?"

외수가 돌아보고 비연에게 물었다.

"너도 그러냐?"

묵묵한 조비연. 그저 고개만 까닥일 뿐이었다.

외수는 다시 송일비를 다그쳤다.

"정말 가만히 쳐들어 슬그머니 내리긋기만 했단 거지?"

"그렇다니까. 그냥 이렇게 휙!"

직접 흉내를 내어 보이는 송일비.

유심히 지켜보던 외수가 그 동작을 따라하며 이해가 안 된단 얼굴로 고개를 갸웃댔다. 그래도 계속 반복을 해보는 외수. 마치 부상의 통증조차 없는 듯했다.

그러자 송일비가 어이없단 표정을 짓곤 톡 쏘았다.

"이봐, 그게 가능할 거라고 따라 해보는 거야?"

"……"

그 짧은 시간 무아지경(無我之境)에 빠진 사람처럼 대꾸조차 않는 외수.

송일비가 끝내 별채를 향해 휙 돌아섰다.

"가자고. 저 바보 녀석 혼자 놀게 내버려 두고. 저 녀석은 바보야, 바보! 가능할 게 따로 있지. 바보 녀석!"

"……."

외수만 물끄러미 지켜보는 조비연.

그녀도 알고 있었다. 저런 식으론 무엇도 얻지 못한다는 것을. 초식만으론 불가능한 일. 내력의 운용법도 알아야 하고 그게 가능한 경지에 도달해 있어야만 시도라도 해볼 수 있다는 것을.

결국 그녀도 돌아섰다.

먼저 돌아서 가던 송일비가 갑자기 죽겠단 시늉을 했다.

"아, 시시 소저! 날 좀 부축해 주시오. 저 녀석 땜에 쫓아 나왔다가 이 고생이라오."

부상 부위를 잡고 휘청거리는 모습까지 연출하는 송일비.

가만있을 시시가 아니었다. 그녀는 바로 달려와 팔을 잡았다.

"어머, 송 공자님. 많이 아프셔요?"

"으음, 정신까지 희미해지고 어지럽구려. 아아."

"어서 가셔요. 방까지 모셔다 드릴게요."

최대한 힘들고 최대한 아픈 척. 송일비의 엄살 작전에 말려든 시시는 그 가녀린 팔과 허리로 송일비를 떠받치다시피 한 채 별채로 향했다.

"누워 계셔요. 의원을 불러올게요."

"아니오, 시시 소저!"

자리까지 봐준 시시가 나가려고 하자 누워 있던 송일비가 그녀의 손을 덥석 잡았다. 최대한 애처로운 표정으로.

"의원 따윈 필요 없소. 이렇게 시시 소저의 손만 잡고 있어도 금방 나을 것 같소. 가지 말고 옆에 있어 주시오. 제발."

시시의 최대 장점은 순결하고 착하다는 것이다. 그런데 그녀의 최대 약점도 너무나 착하고 여리다는 것. 더구나 아파하는 사람 앞에선 더욱 쥐약인 그녀였다.

"그래도 의원에게 보이셔야……."

"아니오, 괜찮소. 여기 앉으시오."

송일비가 턱짓으로 의자를 가리키자 어쩔 수 없이 앞에 앉는 시시.

당연히 송일비의 입이 찢어졌다. 시시의 손을 두 손으로 꼭 감싸 쥐고 행복에 겨워 죽겠단 표정을 했다.

"흐흐, 나는 시시 낭자만 있으면 불가능한 것이 없소. 그대는 나의 태양이오."

오글오글 닭살이 돋는 시시였지만 그렇다고 잡힌 손을 빼지도 못했다. 저렇게 좋아하는 데야 어찌.

시시는 그렇게 한동안 잡혀 있을 수밖에 없었다.

*　　*　　*

가만히 꼼짝 않고 누워 있어야 할 외수는 틈만 나면 마당에 나와 있었다.

이미 바닥도 새로 깔고 날아가고 부서졌던 나무와 화초들도 새로 심은 마당이지만 외수는 궁뇌천이 검을 내려쳤던 그 자리에 서서 따라 흉내를 내어보는가 하면 골똘히 혼자 생각에 잠기기도 했다.

그게 일과처럼 되어버리자 편가연을 비롯해 아예 모두가 나와 그 모습을 지켜보는 것도 매일 벌어지는 일상이 되어버렸다.

시시, 편가연, 조비연, 반야가 지켜보는 건 고사하고, 그 외 시녀, 위사 등등 세가의 식구들까지 오가며 힐끔대는 상황.

하지만 그들 중 유일하게 외수 아닌 딴 곳에만 시선을 두고 있는 사람이 있었다. 별채 현관 앞 계단에 턱을 괴고 걸터앉은 송일비였다.

그의 시선은 오로지 시시에게만 박혀 있었다. 잠깐 동안이었지만 억지로 손을 잡아 자기 침대 옆에 앉혀 놓았던 그날 이후부터 부쩍 그녀에게 골몰하고 있는 그였다.

'어떡하지. 어떡해야 시시의 마음을 살 수 있지?'

하루 종일 생각하는 게 그거였다.

근래 들어 더욱 시시를 향한 마음이 절실해지고 있는 송일비. 선물로도 안 되고 말로도 안 되니 뭔가 다른 방도가 필요

첫 경험 173

했다.

'혹시 진짜 궁외수 저놈을 짝사랑하기라도 하는 건가? 이렇게 반응이 없을 리가 없는데, 음….'

혼자 노는(?) 외수를 째려보는 송일비.

"아니지. 녀석에겐 편가연이 있잖아. 그리고……."

반야까지 돌아본 송일비는 스스로 고개를 저었다.

"맞아. 그녀가 주인의 사내를 짝사랑할 리 없지. 암, 그녀는 내 꺼야."

확신에 찬 어조로 혼자 제멋대로 판단을 내린 송일비는 다시 씨를 향한 고민에 집중했다.

"그나저나 저 미친놈은 언제까지 저 바보짓을 하려는 거지?"

*   *   *

"음……."

보름쯤 지났다.

어떤 때는 자신의 검까지 들고 나와 무아지경에 빠져 있던 외수가 문득 스스로 불가능하단 걸 깨달았는지 비로소 고개를 가로젓곤 어깨를 축 떨어뜨렸다.

무척이나 실망하는 모습.

시시도 편가연도 조비연도 모두가 걱정스럽게 지켜볼 수

밖에 없었다.
 그런데 한참을 그대로 서 있던 외수가 느닷없이 송일비를 불렀다.
 "야, 도둑놈!"
 "저 시키가!"
 송일비가 인상을 있는 대로 일그러뜨리고 대꾸했다.
 "왜?"
 "나 좀 나갔다 올 테니까 세가 잘 지키고 있어. 늦을지도 몰라. 오늘 못 돌아올지도 모르고."
 "뭐?"
 벌떡 일어나는 송일비.
 당황하는 건 송일비뿐일 수 없었다. 편가연과 시시, 반야, 조비연도 서로의 얼굴을 쳐다보며 어리둥절해했다.
 돌아보지도 않고 '도망치듯' 그대로 성큼성큼 빠른 걸음을 옮겨가는 외수.
 "공자님?"
 "어이, 이봐! 이봐!"
 시시에 이어 송일비가 급히 뛰쳐나가 손짓을 했지만 끝내 외수는 돌아보지 않고 빠르게 사라져 갔다.
 "뭐야, 왜 저래? 진짜 미쳤나?"
 황당한 송일비. 그가 이런 적이 없었기에 송일비뿐만 아니라 뒤쪽의 '여인네들(?)' 도 멍하니 넋 놓고 쳐다볼 뿐이었다.

"앗, 궁 공자님!"

정문 위장 태대복이 궁외수를 발견하고 부리나케 달려가 허리를 굽혔다.

"어디 나가시는 길입니까?"

"……."

고개만 끄덕이는 외수.

"그런데 어찌 혼자?"

"그냥 혼자 볼일이… 좀 있소."

평소의 그답지 않게 눈도 마주치지 않고 어색해하며 피하는 외수였다.

"다녀오십시오!"

태대복의 씩씩한 인사에도 외수는 외면하듯 바쁜 걸음으로 쌩하니 정문을 빠져나갔다.

　　　　　*　　　*　　　*

"엇? 소교주시잖아?"

달리 특별하게 할 일도 없어 역수, 풍미림과 함께 객잔 노대에 앉아 낮술을 즐기던 벽사우가 발딱 일어났다.

"끄윽, 진짜네. 혼자야. 어딜 가시는 거지?"

게슴츠레 풀린 눈을 들어 내려다보는 역수.

"어딜 가시든 쫓아가야지. 빨리 일어나!"

"흐흐, 정말 심각하신데. 무슨 일 생긴 건가?"

술기운에 어기적대며 일어서는 역수와 풍미림. 그래도 각자 물건들은 챙겨서 일어났다.

"어딜 저리 헤매고 다니시는 거야?"

내력으로 술기운을 세어하며 멀찌감치 뒤에서 따라가는 세 사람. 그들은 거리 이곳저곳을 기웃대고 다니는 외수를 보며 그 까닭을 몰라 어리둥절하기만 했다.

"글쎄, 뭔가 찾으러 다니시는 것 같긴 한데 길을 잘 모르시는 건가?"

"뭘 찾는 거야. 사람을 찾는 것 같지도 않고, 그것 참. 이곳 영흥 전체를 돌아다닐 작정이신가?"

거의 한 시진가량이나 이곳저곳을 돌아다니는 외수. 그가 비로소 멈춘 곳은 색(色)과 주(酒)를 함께 즐길 수 있는 곳, 즉 밤이 되면 빨간 불빛으로 물드는 홍등가(紅燈街)였다.

"어라? 저기서 뭐하시는 거지?"

"색주가잖아?"

"지금까지 저길 찾아다니신 거야?"

색주 골목 앞을 기웃대는 외수. 하는 꼴이 들어갈까 말까 무척이나 망설이는 모양새였다.

"크하하하, 지금 고민하시는 거야?"

첫 경험 177

"흐흐, 그랬군. 색과 주가 가져오는 뜨거운 열락(悅樂)을 알 나이가 되신 거야. 그래서… 크크큭, 큭."

숨어 지켜보며 자기들끼리 키득키득 웃어대는 세 사람.

그랬다. 정말 외수는 색주가를 찾아온 것이었다.

스물하나의 터질 듯한 젊음. 들끓는 음심(淫心). 욕구. 그것을 견디지 못하고 지금 이곳에 있는 것이었다.

부상에서 깨어나고부터였다.

그가 눈을 뜬 것은 치료를 위해 쓴 독한 약 냄새 때문이 아니었다. 향긋한 여인의 분 냄새 때문이었다.

아니나 다를까, 눈을 떴을 때 걱정스레 자신을 살피고 있는 시시의 예쁜 얼굴이 코앞에 어른거리고 있었다.

그리고 손을 잡고 있던 반야.

부상의 통증은 둘째 치고 아랫도리의 반응이 먼저였다.

후끈, 불끈, 발끈.

주체할 수 없었고, 바로 뛰쳐나와 마당에서 그 정신 나간 짓을 했다. 무려 보름씩이나.

그래도 진정이 되지 않았다.

눈에 보이는 것이라곤 온통 여인들뿐. 그것도 천하가 알아주는 미녀, 손에 꼽을 수 있는 미인들뿐이니 아직 그 방면으론 순수함을 간직하고 있는 외수로선 도저히 이겨낼 수가 없었던 것이다.

사각사각 치맛자락 스치는 소리만 들려도 발딱 일어서는

욕구.

주루와 여인이라면 전문가인 송일비에게 해결책을 묻고 싶었지만 차마 그럴 수도 없었다.

"후우, 분명 그 인간은 이런 데서 풀 텐데."

힐끔힐끔 골목 안을 들여다보는 외수. 오긴 왔는데 선뜻 용기가 나지 않았다.

"어지간히 급하셨나 보군. 벌건 대낮에 여기까지 찾아오신 걸 보면. 흐흐흣."

외수가 들어갈까 말까 고민에 고민을 거듭하며 서성대고 있는 그때, 지켜보는 일월천 호법천왕 세 사람은 다시 자기들끼리 주절댔다.

"어쩐대. 불쌍해서. 누가 나와서 확 잡아끌고 들어가면 해결될 텐데 이 시간에 그럴 린 없고. 아휴, 보는 내가 다 안타깝네."

풍미림이 발을 동동 구르며 흑사신 역수의 말의 말을 받았다.

정말 외수는 동정을 느낄 만큼 주저하고 있었다. 창피하고 쑥스러운지 얼굴까지 빨개져 가지고 이러지도 저러지도 못하는 모습.

"근데 들어가긴 할까? 우리 내기할까?"

"뭐?"

벽사우의 말에 돌아보는 역수. 하지만 그도 재미있는지 비

시시 웃었다.

"좋아. 난 들어가는 쪽에 걸겠어. 오십 냥! 칼을 뽑았으니 썩은 무라도 베겠지! 크크큭!"

"풍 누님은?"

"나도 들어가는 쪽. 여기까지 왔는데."

"그럼 난 들어가지 않는 쪽에 걸지. 처음이라 힘들 테니. 히히힛!"

경험자인 것처럼 실실거리는 벽사우.

"앗, 저기!"

역수가 골목 안 쪽을 가리켰다.

마침 어느 주루에서 여인 하나가 튀어나오고 있었다.

보기에도 짙은 화장에 야한 차림의 여인.

세 사람이 더욱 숨을 죽이며 어찌 될지 궁금해 눈들을 반짝였다.

그런데 그 순간, 외수가 후다닥 사라졌다.

"저, 저런!"

번개보다 더 빠르게 도망가는 외수를 보며 세 사람은 동시에 턱을 떨어뜨렸다.

"애개, 결국 베기는커녕 휘둘러보지도 못한 거야?"

풍미림의 실망감 가득한 말에 벽사우가 낄낄 혼자 신이 났다.

"덕분에 백 냥 벌었군. 흐흐훗, 혼자서 치마를 들추어보는 게 결코 쉬운 일은 아니지. 암."

다시 외수를 쫓아가는 세 사람.

"이런 등신!"

외수는 자기 머리를 쥐어박았다. 정말 등신 같았다. 거기까지 애써 가놓고.

"젠장, 그나저나 이제 어떡한다. 당최 주체를 못 하겠으니. 혹시 병인가? 아버지를 닮아 그런가?"

외수는 다시 몇 번이고 자신의 머리를 쥐어박았다. 병이든 아버지의 피 때문이든, 아니면 그저 청춘의 생리적 욕구 때문이든 틈만 나면 들끓어대는 육신이 못마땅했다.

"쳇, 아무래도 송일비를 꼬드겨서 같이 오든지 해야겠군. 혼자선 도저히 자신이 없어."

뒤를 돌아보며 아쉬움을 삼키는 외수.

복작대는 거리였다.

다시 세가를 향해 맥 빠진 걸음을 옮겨가던 외수는 문득 여인들이 늘어선 어느 상점 앞에 우뚝 멈췄다.

장신구, 화장품 등을 비롯해 여자들의 이런저런 것들을 파는 잡화점.

외수는 또 얼굴이 붉어진 채 상점 안쪽으로 걸린 무언가에 눈을 떼지 못했다.

뒤따르던 일월천 호법천왕들이 그걸 보고 즉각 반응했다.

[어라, 뭐래? 저기서 뭐하시는 거야?]

[글쎄, 뭘 사려는 모양인데?]

[저, 저것. 보고 계시는 게 여자들 속곳 아냐?]

"뭐, 뭣?"

풍미림이 전음 아닌 육성을 터뜨렸다.

[맞아, 틀림없어. 아예 눈을 박고 계시잖아. 설마 저것을 사려고?]

[혹시… 변태?]

"뭐얏?"

벽사우와 역수의 말에 거듭 소릴 내지르는 풍미림.

하지만 사실이었다. 외수는 아까보다 더 새빨개진 얼굴로 오가는 사람의 눈치를 보며 쭈뼛거리고 있었다.

그리고 한순간 잠시 상점에 손님들이 없는 틈을 타 슬금슬금 주인에게로 다가갔다.

"으으, 왜 저리신대. 정말 사려나 봐."

풍미림이 차마 못 보겠다는 듯 눈을 질끈 감고 손으로 가리기까지 했다.

그사이 외수는 무척이나 어색한 몸짓으로 상점 주인에게 무어라 속삭인 뒤 재빨리 돈을 꺼내 건네고 있었다.

"미쳐, 미쳐. 우리 소교주님 어떡해?"

* * *

"흠흠."

세가로 돌아온 외수는 반야의 방 앞에서 어색한 기척을 흘리고 슬그머니 방문을 열었다.

"반야."

"어머, 공자님."

기다리고 있었던 것인지 침대에 다소곳이 앉아 있던 반야가 외수의 목소리에 발딱 일어났다.

쭈뼛쭈뼛 여전히 어색하기 짝이 없는 걸음으로 다가가는 외수.

"걱정했어요. 무슨 일 있었던 건 아니죠?"

"으응, 일은 무슨. 그냥."

반야의 얼굴을 제대로 보지도 못하는 외수였다.

"반야, 잠깐만 앉을까."

외수는 직접 반야를 침대에 주저앉혔다. 그리곤 자기도 옆에 앉아 주섬주섬 품속에서 무언가를 꺼냈다.

작은 보따리 하나와 반짝이는 머리 장신구 하나였다.

"사실은 길에 나갔다가 눈에 띄는 게 있어서 하나 샀어."

"네?"

"선물이야."

"선물… 이라고요?"

외수의 손으로 눈을 떨어뜨리는 반야. 보고 싶어도 볼 수 없는 애처로움이 묻어나는 눈길.

외수는 그녀의 손에 장신구를 쥐어주었다.

두 손으로 조심조심 만져 보는 반야.

"어때, 마음에 들어?"

"……."

울먹. 감동으로 인해 말조차 못 하는 반야였다.

"예뻐… 요. 아주 많이. 이걸 사러 가셨던 거예요?"

"아냐, 그냥 뭐 볼일을 보러 갔다가."

"고마워요."

와락 안겨드는 반야. 결국 눈물을 지은 그녀였다.

반면 외수는 식은땀을 쏟아내야만 했다.

'아앗, 이러면 안… 되는데.'

외수는 어질어질해지는 정신을 가누려 어쩔 수 없이 반야를 떼어냈다.

"반야, 다른 것도 있어."

앞으로 슬그머니 밀어놓는 작은 보따리.

"뭐예요, 이건?"

감격을 멈추지 못하는 반야.

"으응, 네게 필요할 것 같아서. 아, 난 밥 먹으러 갈 테니 혼자 풀어봐."

돌아다니느라 배가 고팠단 듯 서둘러 일어나 밖으로 향하는 외수.

그가 나가고 나자 반야는 조심스레 보자기를 풀어 내용물을 확인했다.

"……?"

눈앞까지 들고 만져 보던 반야는 그대로 굳고 말았다.

멍한 눈. 벌겋게 달아올라 홍당무가 되어가는 얼굴.

한두 장이 아니었다. 각기 다른 모양의 십여 장.

"서, 선물… 이라고?"

상상도 못한 선물. 반야는 침대 밑에 기어들어가 숨고 싶을 만큼 부끄럽고 창피했지만 기쁨 또한 주체할 수 없었다.

"아아, 궁 공자님이 내게?"

외수는 자신의 방에서 옷을 갈아입으며 뿌듯해했다. 혼자 무엇을 사러 다닐 수 없는 그녀기에 가장 필요할 것 같아서 사다준 것이었다. 상점의 주인도 무척 좋아할 거라며 그것을 추천했기에 의심 없이 사고 보았다.

"흐흐, 이건 시시 꺼."

옷장 앞에 서서 옷을 갈아입던 외수가 품속에서 또 한 장의 작고 예쁜 천 쪼가리를 꺼내 들었다.

일부러 시시 주려고 남겨둔 것이었다.

이미 들어오던 길에 별채 앞에서 목이 빠져라 기다리고 있던 시시를 만나 머리 장신구 하나를 먼저 건네준 후였다.

"히힛, 시시 엉덩이에 딱 맞겠는걸. 이건 좀 가지고 있다가

첫 경험 185

천천히 줘야지."

음흉스런 웃음을 흘리며 한참이나 들고 요리 보고 조리 보던 외수는 그것을 옷장 깊숙이 감춰두었다.

"고마워. 벌써 다 차렸네."

외수는 긴 식탁의 의자 하나를 빼서 앉으며 시시의 표정부터 살폈다.

"어서 오세요, 공자님."

"……?"

시무룩해 보이는 시시. 기뻐하기는커녕 오히려 눈길을 피하며 자기 할 일만 하고 있는 모습에 외수가 고개를 갸웃했다.

"시시, 맘에 안 들었어?"

"아뇨, 그게 아니라……."

쑥스러움을 참고 고른 장신구였다. 그런데 시시의 머리엔 꽂혀 있지 않았다.

외수는 맘에 들지 않은 모양이라고 생각했지만 그래도 첫 선물인데 조금 서운한 건 어쩔 수 없었다.

외수는 더 말을 건네지 않고 젓가락을 들었다. 다음에 더 좋고 예쁜 걸 사다주면 된단 생각을 하면서.

그런데 그때 편가연이 식당으로 들어섰다.

"감사해요, 공자님!"

환한 얼굴의 그녀. 기뻐 어쩔 줄 모르겠단 표정의 그녀였다.

외수의 눈이 머리로 향했다.

"……?"

시시에게 주었던 장신구. 외수는 바로 시시를 쳐다보았다.

우물쭈물 여전히 눈길을 피하는 그녀.

자기에게 준 걸 어째서 편가연에게. 서운함이 더하는 외수였다.

"공자님, 놀랐어요. 이런 걸 준비하실 줄은. 직접 주셔도 되는데. 낡아 못 쓰게 되더라도 영원히 간직할게요."

정말 기뻐하는 편가연.

"뭘, 그냥 싸구려일 뿐인데."

"가격이 문젠가요. 공자님 마음이… 오래 잘 쓰겠어요."

"……."

외수는 대답 않고 눈을 거뒀다. 깊이 생각하지 않아도 알 일이었다.

자신이 작은 꽃모양 장신구를 건넸을 때 분명 무척 감격하며 기뻐했던 시시였다. 그러니 일부러 주지는 않았을 것.

그러나 그녀의 성격상 분명 자신이 가져도 되는 것인지 고민을 했을 테고, 자기 자신보다 항상 주인이 먼저인 데다 또 어떻게든 편가연과 외수를 연결시키려는 그녀이고 보면 이건 언젠가 일어날 일이었을지도 몰랐다.

눈도 마주치지 못하고 난처해하는 시시.

외수의 예상처럼 그녀는 정말 뛸 듯이 좋아하다 이내 고민에 빠졌었다. 과연 자기가 받아도 되는 것인지, 머리에 하고 다녀도 되는 것인지.

그렇게 고민 중일 때 외수가 돌아온 기척을 느낀 편가연이 마당으로 나왔고, 그녀가 들고 있던 장신구에 대해 묻자 시시는 결국 외수가 전하란 것이라 말할 수밖에 없었다.

고개를 떨어뜨린 시시. 드러낼 수 없는 슬픔이 몰려와 더 이상 서 있을 수 없었다.

"아가씨, 다른 아이를 보낼게요. 몸이 피곤해서."

"응? 어디 아픈 거니?"

"아뇨, 그냥 좀."

"그래, 알았어. 어서 가서 쉬어."

"네."

힘없이 돌아서는 시시. 외수의 안타까운 눈길이 끝까지 그녀를 따라갔다.

* * *

꽤나 깊은 밤. 시시는 그때까지 잠들지 못하고 침대에 앉아 있었다.

삼켜지지 않는 슬픔.

자신을 하찮게 여기지 말라던 궁뇌천의 말도 떠올렸지만 노비로 태어나 노비로만 살아온 자신에겐 결코 쉽지 않은 말이었다.

언제나 주인이 우선이고 언제나 주인의 뒤에 있어야 하는 노비. 그 경계를 넘기가 어찌 쉬울까.

시시는 다시 품속에서 정혼 약조가 적힌 문서를 꺼내 조심조심 펼쳤다. 그러잖아도 오래된 종이가 그동안 얼마나 꺼내 보았던지 이젠 닳았을 정도였다.

―내 딸 수연과, 내 딸 수연과, 내 딸 수연과…….

문서에 쓰인 문구를 읽고 또 읽는 시시. 그게 정말 자신을 가리키는 말이었으면 당장 죽어도 소원이 없을 것 같았다.

하지만 아무리 들여다봐도 현실이 될 수 없는 말이었다.

'그래, 난 능소가 아니고 시시인걸. 결코 수연이 될 수 없는… 노비.'

숨이 컥 막히며 가슴이 저렸다.

'흑흑, 그런데 왜 이리 아픈 것이지.'

가슴을 움켜쥐고 눈물을 떨어뜨리는 시시. 너무도 아팠다. 목이 메어 울음도 새어 나오지 못했다.

그때.

똑똑.

시시는 누군가 문을 두드리는 소리에 눈물을 삼키며 당황했다. 이 시각에 누가?

"누구… 세요?"

조심스런 물음.

"나야."

궁외수의 목소리.

'공자님이?'

놀란 시시는 얼른 정혼 문서를 다시 접어 품속에 갈무리하고 눈물을 훔쳤다. 그리곤 허둥지둥 방 안을 둘러본 다음 문쪽으로 걸었다.

끼이—

지그시 문을 여는 시시.

깊어진 시간만큼이나 무겁게 눌린 외수의 얼굴이 거기 있었다. 마치 어쩌고 있었는지 감지하고 있었다는 듯 무거운 표정.

"공자… 님?"

"잠깐 들어가도 될까?"

"……"

당혹스런 시시는 어쩌지 못하고 슬그머니 물러설 수밖에 없었다.

"이렇게 생겼었군. 시시의 방은."

천천히 안으로 들어서 방 안을 둘러보는 외수. 잘 정돈되고 깨끗한 방이지만 자신의 방에 비교하면 너무도 작고 협소하게 느껴지는 방. 자신의 방엔 널린 가구며 장식물들이 최소한으로 있는 방이었다.

"어쩐 일이세요, 이 시간에?"

"……."

고개를 돌려 물끄러미 쳐다보는 외수.

"눈물자국이 남았군."

"네? 아, 아니에요. 어디 눈물자국이 있다고."

서둘러 뺨을 훔치는 시시. 홀쩍 콧물까지 삼키며 아닌 척하려 하지만 외수는 본채로 오던 순간부터 그녀의 흐느낌을 감지하고 있었다.

"여전히 바보로군, 시시는."

"네?"

표정 간수를 못 하는 시시.

"눈 감아!"

"네?"

눈을 감기는커녕 휘둥그레 더 크게 뜨고 올려다보는 시시였다.

외수가 성큼 한 걸음 다가섰다.

"고, 공자님?"

물러나는 시시.

놀란 토끼처럼, 겁에 질린 사슴처럼 두렵고 무서운 마음이 그녀의 뒷걸음질에 그대로 실렸다.

　너가 물러나는 만큼 다가서는 외수.

　"공자님… 왜……?"

　물러서봤자 고작 몇 걸음 움직일 수도 없는 방. 시시는 벽에 등이 걸린 채 어쩔 줄을 몰랐다.

　"눈 감으라니까."

　"시, 시… 싫어요."

　최후의 반항?

　외수가 서슴없이 얼굴을 가져갔다.

　그 순간 시시는 질끈 눈을 감고 고개를 돌려 버렸다.

　하지만 돌려진 고개 속으로 외수의 입술이 파고들었다.

　"읍!"

　늑대의 아가리에 입술을 물린 토끼는 허벅지 치맛자락을 움켜쥐고 바들바들 떨었다.

　아득해지는 정신.

　'아…….'

　얼마나 시간이 흘렀을까. 절대 놓아줄 것 같지 않던 맹수의 아가리가 비로소 떨어져 나갔을 때에도 시시는 질끈 감은 눈을 뜨지 못했다.

　"이게 내 마음이야. 네 주인과는 상관없는."

　야수(野獸)의 목소리.

시시는 귀를 막고 싶었다. 들리지 않는다고, 들어서는 안 되는 말이라고. 이러면 안 되는 것이라고.

어서 떠나주었으면. 모든 게 없었던 일이 되었으면. 이제 어떡한단 말인가.

시시의 심정은 부드럽고 달콤했던 그 순간보다 주인이 남자와 불륜을 저지른 것 같은 죄의식에 무섭고 두려운 감정이 더 앞서고 있었다.

툭.

침대 위에 무언가 떨어지는 소리.

"이건 네 주인께 갖다 바치지 않아도 돼. 보이지 않는 거니까."

보이지 않는 것?

끼이— 탁—

문이 조용히 여닫히는 소리.

그제야 시시는 천천히 눈을 떠 외수가 나간 걸 확인하곤 막혔던 숨을 몰아쉬었다.

하지만 끝내 힘이 달아나 버린 다리 때문에 침대 귀퉁이에 털썩 주저앉고 마는 시시.

꿈속의 일인 것 같이 환상이 덮치고 간 것 같이 멍하기만 한 현실. 시시는 넋을 놓은 상태로 자신의 입술을 더듬었다.

그의 흔적.

한동안 정신을 못 차리던 시시는 그가 남겨놓고 간 또 하나

첫 경험 193

의 흔적으로 눈을 떨어뜨렸다. 동그랗게 묶인 작은 보자기.

 주먹만 한 그것을 조심스레 풀어본 시시는 백지처럼 허옇던 얼굴을 순식간에 빨갛게 물들였다.

 "엄마, 어떡해!"

 두 손으로 얼굴을 덮어버린 시시.

 아무렇지 않은 듯 별채로 온 외수는 그러나 자기 방에 들어서자마자 휘청거렸다.

 "후아, 후아."

 정신이 하나도 없었다. 자기가 무슨 했는지. 어디서 그런 용기가 튀어나왔는지.

 하지만 그 순간의 짜릿함, 그 가슴 터질 듯한 황홀함은 고스란히 남겨 가지고 온 외수였다.

 자기가 시시의 입술을 덮치다니. 껑충껑충 만세라도 부르고 싶은 심정이었다.

 웃음이 절로 새어 나오고 입이 찢어질 정도.

 결국 그날 밤 외수는 그 가슴 벅찬 순간을 되새김질하느라 한숨도 자지 못했다.

第七章
마음속 가시

보여주고 싶어…….

―선물(?)을 입어본 반야

낙양(洛陽).

인구 백만이 넘는 거대 도시. 그곳에 무림맹과 더불어 또 다른 힘을 지닌 거대 세력이 있다.

바로 상가(商家)이면서 무림세가로도 위상을 떨치는 위지세가(尉遲世家).

아니, 원래 무가로서 명성이 자자했으니 이젠 상가로 이름을 떨치고 있다는 게 맞다.

십대부호 근처에도 가지 못했던 그들이 화약, 병기, 갑옷 등 군수물자를 독점해 돈을 벌더니 최근 다른 영역으로 점차 사업 확장해 가는 모습을 보이면서 그 세를 한창 불리고 있는 중이었다.

그 위지세가 정문으로 향하는 길가 한쪽 구석. 처량하게 쪼그리고 앉아 이런저런 채소를 팔고 있는 추레한 늙은이 앞으로 젊은 여인 한 사람이 다가섰다.

"영감님, 많이 파셨어요?"

"허허, 오늘도 나오셨구려. 채소들이 싱싱하오. 하나 사 가시구려."

귀살문의 소혼사 비령과 곽영지.

궁외수의 주문으로 위지세가를 감시하는 그들이었다.

[이숙, 움직임이 있었나요?]

[아직 없다.]

[삼숙과 칠숙은요?]

[역시 없다.]

[걱정이네요. 보름이나 되었는데.]

[걱정 마라. 별다른 동요가 없는 걸로 봐선 잘 잠입해 있는 모양이니까.]

[알겠어요.]

평범한 여인네 행색을 한 곽영지는 위지세가 정문을 슬쩍 돌아보곤 곧바로 돌아섰다.

"많이 파세요, 영감님."

* * *

비살(秘殺) 교적산.

그는 귀살문의 세 명 남은 특급자객 중 한 사람이다

일곱 살 때부터 자객 수업을 받았고, 열아홉에 첫 살행(殺行)을 나선 다음 지금에 이른 그였다.

자객이라고 꼭 살행만 하는 건 아니다. 정보를 얻기 위해 잠입 잠복만 하는 경우도 있는데 바로 지금이 그렇다.

교적산이 이 거대한 위지세가에 잠입해 몸을 숨긴 건 오늘로 꼭 보름째였다.

정보를 얻기 위한 임무수행이 단순히 살행만을 하는 임무보다 더 어려운 점이 이런 경우다. 한없이 기다려야 한다는 것.

정보가 얻어질 때까지 은잠(隱潛) 상태로 꼼짝 않고 있어야 하니 먹고 싸는 것부터 문제다.

그래서 최대한 먹지 않는다. 어차피 살행을 위해 힘을 쓸 일도 없으니 몸이야 말라비틀어져도 상관없다.

죽지 않을 만큼만 입에 넣어주고 숨만 붙여놓으면 되는 것. 그런 것이야 어릴 때부터 반복된 훈련으로 충분히 익숙한 부분이다.

그가 은잠한 곳은 꽤나 오래된 고목의 밑둥. 위지세가 내원의 뒤뜰 땅속이다.

지렁이, 풀벌레, 나무의 수액과 속살, 그리고 흘러드는 빗

물과 나뭇잎에 맺혀 떨어지는 이슬 따위를 받아먹으며 견딘다.

위지세가의 경계수위는 뜻밖이었다.

위협 속에 있는 극월세가 만큼이나 촘촘하고 엄밀한 경계.

이런 과할 정도의 경계는 숨기고 지킬 게 많다는 뜻. 무언가 있는 것은 확실해 보여 허탕 칠 걱정은 하지 않아도 될 듯하다.

아무리 경계가 삼엄해도 기다리다 보면 언젠가 정보는 나오게 마련. 그리고 그 바람과 기대는 교적산의 생각보다 빠르게 찾아들었다.

교적산은 건물에서 사람의 기척이 있자 더욱 기식(氣息)을 숨겼다.

아니나 다를까, 수련을 하려는 듯 빼든 검을 이리저리 휘둘러보며 나오는 한 사람. 그리고 그 뒤를 따르는 또 한 명의 사내.

"너, 아직도 후기지수 대회에서의 분이 풀리지 않은 게냐? 밖에도 안 나가고 요즘 부쩍 수련에 매달리는 게……. 무리하는 것 아냐?"

"시끄러! 그게 풀리겠어? 갑자기 튀어나온 근본도 모르는 놈에게 그 꼴을 당했는데?"

완벽히 기식을 감춘 교적산은 젊은 두 녀석이 위지세가의 아들들임을 알아보았다.

위지흔과 위지강.

자객에게 있어 임무 수행 전 대상에 대한 사전 조사는 필수다. 잠입하기 전 한 달에 걸쳐 이미 끝낸 조사였다.

"흐흐흐, 무참하긴 했지. 보는 나도 화가 날 정도였으니까."

낄낄대는 휘지흔.

"걱정 마. 다시 마주치는 날엔 몇 배로 갚아줄 테니까."

"안 돼. 우리가 상대할 수 있는 놈이 아니란 걸 확인했잖아."

"뭐?"

위지강이 째려보았다.

"그 객잔에서 우리가 보낸 무인 사십 명을 당해낸 놈이야. 아무리 급조해 보냈다고 해도 무려 사십 명을 말이야. 그런 놈을 상대할 수 있겠어?"

"…상관없어!"

"쯧쯧. 그냥 포기해. 알아보니 차마 눈뜨고 볼 수 없을 만큼 참혹하게 도륙당했다고 하더군. 그것도 한 놈한테. 거의 학살 지경이었다고 했어."

"……."

"그러니 어쭙잖은 호승심 따윈 버려! 그런 답 없는 놈은 우리가 상대하지 않는 게 좋아. 뭣 하러 우리가 그런 쓸데없이 힘을 빼?"

마음속 가시

"그래도……."

처음의 기세에서 많이 꺾인 위지강.

"남궁세가에서 당한 치욕은 놈이 죽게 되면 자연히 지워질 일이야. 머잖아 이루어질 일이잖아."

"그럴까?"

"후훗, 당연하지 않고. 지금까진 잘 버텼지만 언제까지 버틸 수 있겠어. 조만간 쓰윽!"

위지혼이 비릿한 웃음을 물고 손으로 목을 긋는 동작을 해 보였다.

그러고 있을 때 한 사람이 더 등장했다.

"뭣들 하는 것이냐."

우람한 풍채의 중년인.

비살 교적산은 그도 알아보았다. 위지세가 최고수이자 가주 위지람의 최측근, 위천검 구풍백.

교적산은 더 깊이 숨을 죽였다. 다행히 그들과 거리가 있어 들킬 가능성은 낮았지만 알려진 것보다 훨씬 고수라는 정보가 있었기에 더욱 완벽히 기척을 감춰야 했다.

"아, 사부! 강이 녀석 수련한다기에 따라 나와 있었소."

거구에다 차고 매서운 인상까지 더해 더욱 위압적으로 보이는 구풍백. 그가 위지강이 들고 있는 검에 눈을 주었다.

"사태가 마무리될 때까지 그 검은 사용하지 말라했거늘."

구풍백은 위지혼이 차고 있는 검까지 노려보았다.

그러자 위지혼이 호탕하게 웃으며 대꾸했다.

"하하, 뭐 어떻소. 어차피 돈 주고 산 것이라 말했는데."

"갈(喝)!"

"왜 그러시오, 사부?"

"지금은 작은 티끌 하나조차 조심해야 한다는 걸 모르느냐? 돈을 주고 샀다고 해도 장물이 되는 것이다. 그리고 지금은 증거가 없어 입을 닫고 있다만 그 늙은이가 떠벌려서 이 일이 퍼져 나가기라도 한다면 위지세가를 향한 세상의 눈초리들을 어떡할 것이냐?"

구풍백의 고압적인 태도에 위지혼의 인상도 날카롭게 섰다. 사부라곤 해도 위지세가의 장자인 자신을 어린아이 대하듯 호통을 치는 게 못마땅한 것이다.

"구 사부, 그러게 지금껏 뭘 한 것이오. 그깟 계집 하나 처치하지 못하고. 지금까지 우리가 댄 인원과 돈이 얼마요. 그것들이 처리되었다면 지금 이런 걱정할 필요도 없는 거잖소."

그 순간 은신한 교적산의 귀가 뻔쩍 뜨였다.

'계집? 인원과 돈이라고?'

분명 편가연을 가리키는 말인 듯해 교적산은 더욱 청력을 돋우었다.

"닥치지 못하겠느냐. 이렇게 철이 없어서야. 그게 함부로 뱉을 말이냐?"

당혹스럽단 표정으로 빠르게 주위를 둘러보고 위지혼을 질책하는 구풍백.

"어이가 없구나. 세가의 장자라는 녀석이 사리분별도 못하다니. 우리는 최선을 다했다. 아니, 우리뿐 아니라 황수(黃手)측도 있는 힘을 다했다. 한데 일을 잘 처리하지 못하고 있는 건 흑, 백, 적수 놈들 아니더냐. 오히려 속이 타들어가고 있는 건 위지람 가주일진대 지금 너는 자기 가문을 탓하는 꼴이 아니더냐."

"아니, 사부. 그 뜻이 아니라……."

"잠깐!"

위지혼이 거듭된 호통에 꼬리를 내리는 순간 구풍백이 갑자기 손을 들어 위지혼의 말을 막고 고개를 돌려 어느 한곳을 쏘아보았다.

"왜… 그러십니까, 사부?"

당황한 위지혼과 위지강 형제. 그러나 구풍백의 그들의 물음에 대꾸하지 않고 곧바로 신형을 쏘아냈다.

휘익! 쓰릉!

대단한 신법. 운신과 동시에 구풍백이 검을 뽑아 휘둘렀다.

슈아악!

고목을 덮쳐 가는 강기.

"젠장, 예상보다 더 무서운 인간이었군."

구풍백이 돌아보며 무시무시한 살기를 일으키던 그 순간 들켰단 걸 인지했던 교적산이 흙더미를 일으키며 솟구쳤다.

콰콰콰쾅!

강기에 쪼개지는 것도 모자라 폭발하듯 터져나가는 고목. 조금만 늦었다면 교적산도 같이 터졌을 것이었다.

'바보같이.'

교적산은 자책했다. 구풍백의 충격적인 말을 듣는 순간 미세하게 호흡이 흔들렸던 것 같았다.

그것을 포착한 구풍백도 놀라웠지만 그 중요한 순간에 어이없는 실수를 한 자신이 원망스러웠다.

어쩔 수 없는 일. 이젠 어떻게든 살아 도주해야 한다. 교적산은 뒤뜰의 높은 담장을 향해 바로 날아올랐다.

자객이 갖춰야 할 것들 중 중요한 것 하나가 신법이다. 교적산은 그 부분에 특히 강했다.

무려 보름이나 땅속에 있었지만 도주라면 자신이 있었다.

하지만 따라오는 구풍백의 고함.

"어딜 가느냐, 서라!"

단숨에 담장 위까지 솟구쳐 반대편 지붕 위로 날아가는 교적산이었지만 구풍백의 추격 속도가 예상보다 빠르다는 것을 느낄 수 있었다.

'젠장!'

잡히면 죽는다.

위지세가 가장 깊숙이 잠입했던 터라 완전히 벗어나기까지 한참이나 남았고, 밤도 아닌 벌건 대낮에 대단한 추격자까지 붙어 있어 탈출까진 난망하기만 했다.

교적산은 가로막는 자들이 생기기 전에 먼저 마지막 담을 넘기 위해 모든 공력을 쏟았다.

하지만 두 번째 전각 지붕을 내달릴 때 구풍백이 바짝 쫓아왔음을 인지했다.

"이놈!"

등줄기를 엄습하는 무지막지한 기운에 교적산은 반사적으로 옆으로 굴렀다.

콰콰콰콱!

아니나 다를까, 길게 지붕을 파괴하는 강기.

"별 희한한 재주를 다 가졌구나. 그러나 내 눈에 띈 이상 도주할 수 없다!"

공력이 느껴지는 광오한 외침.

교적산은 여유가 없었다. 한 바퀴 굴러 버린 바람에 지붕 위를 달리지 못하고 반대편 전각 쪽으로 건너뛰어야 했다.

너른 마당을 크게 가로질러야 하는 거리. 교적산은 자세가 잡히자마자 처마 끝을 박차고 솟구쳤다.

그러나 다시금 거세게 찢기는 파공성.

교적산은 공중에서 이동 방향을 자유자재로 바꿀 수 있을 정도의 초극 고수가 아닌 자객. 어쩔 수 없이 신형만 돌려 대응을 해야 했다.

카앙!

역시 예상대로 대단한 위력.

그렇다고 일격에 죽을 교적산도 아니다. 그는 위력에 떠밀리는 탄력을 이용해 반대편 전각 지붕에 착지했고 다시 원래 가려던 방향으로 달릴 수 있었다.

이미 잠입할 때부터 숙지해 놓은 지형. 이제부턴 전각 지붕들이 다닥다닥 붙어 있어 신법을 펼치기엔 용이한 조건.

뒤따르는 구풍백이 소리쳤다.

"재밌는 놈이로고. 가히 경공술 하나는 경탄할 만하구나."

콰콰콱!

튀어 오르는 기왓장.

"으읏!"

교적산은 본의 아니게 다시 굴러야 했다. 구풍백의 검기에 튀어 오른 무수한 기왓장이 정강이를 때린 탓이다.

극심한 통증. 구풍백의 검기 또한 다리 어딘가를 스친 듯했다.

다시 발딱 튀어 일어나며 자세를 바로 잡은 교적산.

그러나 한 번 따라잡힌 거리는 다시 되찾기 어렵다. 특히 이런 극강의 고수를 상대론 더욱.

또다시 등을 보이고 뛴다는 것은 바로 자살행위.

카캉! 쾅! 콰앙!

날아든 구풍백의 검을 대적한 교적산은 거듭 구풍백의 공력을 실감했다.

충격에 뇌까지 뒤흔들리는 느낌.

하긴 일파를 개파(開派)하면 능히 종주(宗主)가 될 만하고, 검왕 남궁산을 대신해 의천육왕의 한 자리를 차지할 만한 자라 하지 않았던가? 그를 은밀히 암살하라면 모르겠으나 지금 같은 상황에선 감히 대적할 수 없는 강자였다.

"쥐새끼, 잠입 목적이 무엇이냐?"

"쓸데없는 걸 묻는구나. 계집애처럼!"

"뭐야?"

"그딴 대답을 들을 수 있을 것이라고 힘들여 주절대는 것이냐."

"그래, 그렇지. 원래 네놈들이 그런 놈들이었지. 하지만 무엇도 들을 수 없다면 그냥 죽여 버리면 그만! 자객 따위와 말을 섞으려 한 내가 멍청했다!"

슈악! 캉캉, 캉캉캉!

무섭게 쏟아지는 검격.

교적산은 이를 악물고 맹렬하게 맞부딪쳤다. 이제 그 수밖에 없는 것이다. 발목이 잡힌 이상 어떻게 해서든 최대한 빨리 상대를 꺼꾸러뜨리지 않으면 살아나갈 가망이 없는 것이다.

"쥐새끼 주제에 제법이로구나."

카캉, 카칵.

피가 튀었다. 이곳저곳에서.

분명 자기 몸에서 튀는 피였지만 교적산은 의식하지 않았다. 자신이 획득한 엄청난 정보를 극월세가에 전해야 한단 간절함.

그러나 사람들이 여기저기서 쏟아져 나오는 소리가 들렸다.

'젠장!'

다 틀렸다. 사력을 다한 처절함도 결국 불가항력. 포위되는 건 시간문제였다.

교적산은 다시 굴렀다. 목으로 날아든 검을 피하기 위해 어쩔 수 없이 그래야만 했다.

구르고 난 자리에 흥건한 피가 남았다. 온몸에서 뚝뚝 떨어지는 피가 빗물처럼 기왓장을 적셔놓고 있었다.

"쥐새끼, 복면을 벗어보아라. 면상이나 보자."

"흥, 내 목을 취한 뒤 직접 해!"

오기를 부리는 듯해도 교적산은 작은 빈틈이라도 만들기 위해 최대한 집중한 상태였다. 찰나의 순간만 허용되어도 다시 등을 보이고 도주를 시도할 것이었다.

"그래야만 한다면 어쩔 수 없지."

여유롭게 다시 다가서는 구풍백. 교적산은 벌써 호흡이 흐트러졌지만 그는 처음이나 지금이나 변함없이 여유롭고 오연하기만 했다.

"쥐새끼 한 마리 때문에 지붕만 수리하게 생겼구나……?"

혼자 지껄이며 검을 처들던 구풍백이 흠칫하며 급히 눈을 떨어뜨렸다.

콱콱콱!

기왓장을 뚫고 발밑에서 솟구치는 시커먼 칼 한 자루.

"허억!"

몸통 전체가 갈라질 위기에 구풍백이 황급히 뒤로 신형을 날려 가까스로 피해냈다.

긴 자객도와 함께 튀어나온 시커먼 인영. 기습에 실패한 그가 구풍백을 향해 칼을 겨눈 채 교적산을 돌아보았다.

[괜찮아?]

"삼, 삼(三) 사형……."

[정보를 얻었느냐?]

끄덕.

[가라. 어서!]

귀살문의 또 한 명의 특급자객 무적풍 위호. 교적산과 같이 염탐을 위해 잠입한 그였고, 교적산이 혈족들의 주 거주 공간인 내원 심처로 잠입해 있는 동안 외원 쪽을 맡아 은신 중이었던 그였다.

[어서 가라니까!]

"……."

재차 다그친 후 구풍백에게 집중하는 무적풍 위호.

그는 발각된 이상 둘 다 살아나가긴 틀렸다는 걸 알고 있었고 자신이 희생하는 쪽을 택했다. 이런 경우 정보를 쥔 사람이 살아야 하는 건 당연했기 때문에.

교적산이 미적댔으나 그 망설임은 오래가지 않았다.

상황은 어쩔 수 없었고 교적산은 이를 악물었다.

"형, 밖에서 기다리겠소."

반드시 살아서 다시 보잔 염원을 남긴 교적산은 지체 없이 다음 전각을 향해 몸을 날렸다.

"이놈, 어딜 가느냐?"

화가 난 구풍백이 쫓으려 했으나 위호가 내버려 두지 않았다.

콰쾅!

"이런 빌어먹을 놈이!"

콰앙! 쾅쾅쾅쾅!

눈이 뒤집힌 구풍백이 미친 듯이 맹공을 가했으나 굳건히 버텨내는 위호.

"쫓아라! 놈을 잡아!"

다급한 구풍백이 소릴 질렀다. 다행히 튀어나온 자들과 뒤쫓아 온 위지 형제들이 있어 그들에게 내지른 고함이었다.

자신의 고함에 일제히 도주하는 자객을 쫓는 이들을 확인한 구풍백이 죽일 듯이 위호를 노려보았다.

마음속 가시 211

경황없이 휘둘렀다곤 해도 자신의 검격을 고스란히 받아낸 자객. 그러나 자객 같은 느낌이 아니라 구풍백은 내심 놀랐다.

구풍백만큼이나 큰 체구로 당당히 맞선 위호가 슬그머니 손을 들어 자신의 복면을 벗었다.

섬뜩할 정도로 비린 웃음을 머금은 서늘한 면상.

"흐흐흐, 언젠가는 이렇게 두건을 벗고 싸워보고 싶었지."

자객이 자신의 얼굴을 드러냈다는 건 이미 죽음을 각오했다는 뜻.

그 필사의 의지에 구풍백이 붉으락푸르락 진정을 못 했다.

"감히 쥐새끼 주제에!"

"후후훗, 쥐새끼라. 그 말이 맞긴 하지. 하지만 너는 행복해해야 돼. 내가 비록 복면을 벗고 너와 맞서 있지만 사실 난 잠행과 암살에 더 능하거든. 그 말인즉 이렇게 마주하는 게 아니라 청부 대상으로 네 이름이 내 손에 들어왔다면 너는 반드시 죽었을 거란 말이다."

"이놈, 그딴 말장난으로 시간 끌지 마라!"

덮쳐드는 구풍백.

"후후후, 정말 말장난인지 증명해 볼 기회가 있었으면 좋았을 것 같군."

흐릿한 미소를 문 무적풍 위호도 맞부딪쳐 갔다.

콰앙, 쾅쾅! 콰앙, 쾅쾅쾅!

일진광풍처럼 몰아쳐 가는 구풍백의 검격. 결사의 의지로 맞선 위호의 대응.

벌건 대낮 지붕 위 뇌전이 내리꽂히는 것 같은 무시무시한 혈투가 시작되었다.

          *   *   *

무적풍 위호가 혼신의 힘을 다하며 구풍백의 발목을 묶어 놓고 있을 때, 교적산은 기어이 위지세가의 마지막 담장을 넘어가고 있었다.

추격하는 자들이 있었으나 거리로 나선 이상 도주에 성공할 가능성은 높아졌다.

다만 자신을 대신해 남은 셋째 사형이 걱정이었다. 평소 자객술보다 도법에 더 심취해 형제들 중 가장 무위가 특출한 그이지만 혼자서 구풍백 등을 상대해 탈출한다는 건 결코 쉽지가 않은 일.

교적산은 희박한 확률에 희망을 걸며 오직 앞만 보고 달렸다.

곳곳에서 뒤따르는 호각 소리. 다소 거리를 벌리긴 했어도 추격자들을 따돌리기엔 이 정도론 어림없다. 시야에서 벗어난다 해도 걸음마다 떨어지는 핏자국은 계속 놈들을 따라붙게 할 것이기에.

어쩔 수 없이 교적산은 도주 시 귀살문 식구들의 안배가 되어 있는 방향으로 뛰었다.

적잖은 사람들로 붐비는 백주(白晝)의 거리.

거친 호각 소리와 고함.

갑자기 피에 젖은 복면인이 나타나자 거리는 벌집을 쑤신 듯 술렁였다.

교적산은 돌아보지 않고도 알 수 있었다. 자신을 시야에 두고 쫓아오는 자들은 서너 명 정도이고 그 거리는 십오 장 정도라는 것을.

약 삼십여 장 거리를 달렸을 때 채소들을 늘어놓고 앉아 있는 둘째 사형 소혼사 비령이 보였다. 그리고 삼 층 건물의 지붕에서 곽영지도 설핏 모습을 드러내는 것을 확인했다.

[이(二) 사형, 부탁합니다.]

[걱정 말고 더 힘을 내라.]

교적산이 비령의 대답을 확인하며 쏜살같이 그의 앞을 지나쳤다.

"놈을 잡아라! 세가에 든 자객이다. 잡아!"

구풍백과 함께 처음부터 뒤쫓았던 위지혼의 고함이었다. 지금은 동생 위지강과 다른 두 명의 세가 무인과 쫓고 있지만 점차 벌어지는 거리 때문에 오가는 자들 중 누구라도 막아주길 기대하며 내지른 소리였다.

그리고 그들 네 사람이 좌판 채소 상인으로 변장한 소혼사 비령 앞에 다다랐을 때쯤 갑자기 날벼락이 떨어졌다.

콰쾅! 콰콰쾅!

느닷없이 땅거죽을 일으키는 폭발과 굉음.

"크헙! 뭐, 뭐얏?"

모두가 혼비백산(魂飛魄散)할 수밖에 없었다. 위지흔, 위지강을 비롯한 추격자들만이 아니라 거리의 사람들도 난데없는 폭발에 기겁해 우왕좌왕 아수라장이 연출했다.

지붕 위 곽영지의 작품이었다. 그녀는 쉴 새 없이 종이에 싼 주먹만 한 폭약을 내던졌고 아래 거리 일대는 난리가 일어났다.

그러나 폭약이긴 해도 살상력이 거의 없는 폭죽 수준의 폭약이었다. 화약은 나라에서 철저히 금하고 있는 것이기에 제조할 때 유황을 많이 섞어 많은 연기로 인해 연막 효과만 노린 폭약.

그렇다 해도 그 굉음과 폭발력은 모두의 혼을 빼놓기엔 충분했다.

콰콰쾅! 쾅! 쾅!

첫 번째 폭약이 폭발하며 자욱한 연기와 흙먼지를 만들어 낼 때 소혼사 비령이 기다렸다는 듯 벼락같이 움직였다.

채소 좌판 밑에 숨기고 있던 짧은 자객도를 뽑아 들곤 비호처럼 추격자들을 덮쳐가는 비령.

슈악! 콰콱!

"크헉!"

"아악!"

분간도 되지 않는 연막 속에서 두 사람의 비명이 터져 올랐다. 그리고 폭음과 폭발이 이어지는 그 와중에 허연 연기 속에서 비령이 튀어나와 좁은 골목으로 숨어들어 내달렸다.

어지러운 경황에 누구도 눈치채지 못한 빠른 움직임.

그가 골목으로 사라지는 것을 확인한 곽영지도 곧바로 건물 뒤편으로 뛰어내렸다.

그들만의 약속 장소가 있다. 도심을 벗어나는 곳에 미리 구해 놓은 안가(安家).

그들이 떠나고 나자 연막이 걷히며 거리의 상황이 드러났다.

갑작스런 난리에 혼을 빼앗긴 위지강. 그리고 그의 발밑에 휘지혼이 허리춤을 잡고 쓰러져 있었다.

적잖게 흘러나오는 피. 소혼사 비령의 칼에 당한 부상이었다.

"혀, 형?"

놀란 위지강이 옆에 앉아 부상을 살피려 했으나 위지혼이 악에 받친 고함을 내질렀다.

"뭐해? 쫓아! 놈들을 잡아! 반드시 잡아야 돼!"

하지만 정신이 없는 위지강은 엉거주춤한 상태로 엄벙대기만 했다. 시야에 남아 있는 것이 없기 때문이다. 보이는 것이라곤 정신없이 뛰어다니는 거리의 사람들뿐.

그사이 다른 추격자 십여 명이 달려왔고 위지혼은 그들을 재촉했다.

"핏자국을 쫓아! 세가에 침입한 그놈부터 잡아야 해! 놓치면 안 돼! 어서!"

즉시 십여 명이 엉망이 된 바닥을 살폈고 결국 띄엄띄엄 이어진 핏자국을 따라 다시 맹렬한 추격을 시작했다.

위지혼은 눈이 뒤집혔다. 부상도 부상이지만 엄청난 정보를 노출한 탓이다. 자기 때문에.

* * *

도심을 살짝 벗어난 작은 야산 근처 다 쓰러져 가는 초옥.

논밭에서 일하는 농부들이 농기구를 넣어두는 창고로 보이는 곳에 뛰어든 교적산은 시커먼 자객복을 벗고 바로 그것을 찢어 우선 출혈이 심한 팔과 다리의 부상부터 질끈 동여맸다.

그러는 사이 곧이어 소혼사 비령과 곽영지가 창고로 뛰어들었다.

"적산!"

"칠숙!"

"많이 다쳤느냐? 너만 발각된 것이냐? 셋째는?"

급박한 비령의 물음.

"삼 사형은 추격자를 막느라 발이 묶였소."

"……?"

자객이 발이 묶였다는 건 최악의 상황. 더 물어봐야 소용없는 일이다.

"급하오. 극월세가를 노린 흉수들에 대해 알아냈소. 위지세가가 그 일에 가담하고 있고 다른 자들도 있었소."

"……?"

교적산의 말에 비령도 곽영지도 눈이 번쩍했다.

"추격자들이 만만찮을 것이오. 사형, 어서!"

"알았다. 일어설 수 있겠느냐? 따라 나오너라!"

무적풍 위호의 안위는 다음 일이고, 비령이 서둘러 옆 창고로 가 준비해 두었던 두 필의 말을 끌고 나왔다.

"사형께선 안 타시오?"

곽영지와 각각 하나씩의 말에 올라탄 교적산이 묻자 비령이 고개를 흔들었다.

"먼저 가라. 난 셋째를 기다려 보다가 뒤따라 가겠다."

"……."

"어서 서둘러!"

교적산이 내려다보고만 있자 비령이 말의 엉덩이를 치며 재촉했다.

"알겠소. 늦지 않게 쫓아오시오."

"그러마."

"이숙, 먼저 가서 기다릴게요."

"그래. 출발해!"

달려가는 두 필의 말. 하지만 마당을 벗어나자마자 각자 다른 방향으로 달렸고, 교적산은 큰길로 곽영지는 야산의 산길을 향했다.

사전 약속에 따른 행동이었다. 그리고 곽영지는 야산 쪽 길로 접어들자마자 작은 칼을 꺼내 자신의 팔과 허벅지를 찔렀다.

피를 흘려 추격자들을 자신 쪽으로 유인해 정보를 지니고 있는 교적산을 보호하려는 행동. 그 역시 귀살문 식구들의 도주 시 행동 지침이었다.

두 사람이 떠난 자리에 혼자 남은 비령이 급히 흔적들을 지우고 그 자신도 사라져 갔다.

*　　　*　　　*

위천검 구풍백은 마주선 자를 보며 자신의 눈을 믿지 못했다.

툭툭 흐르는 핏물. 전신이 검상(劍傷)으로 베이고 갈라져 너덜거리는데도 악귀처럼 버티고 있는 육십 언저리의 노(老)자객.

오로지 자신의 발목을 잡아놓겠다는 의지 하나로 그 같은 투혼을 발휘한다는 게 전혀 자객 같지 않았다.

아니, 자객 같지 않은 건 무위에 있어서도 마찬가지였다.

충분한 내공이 뒷받침되는 무력. 실전으로 다져진 검술. 목숨을 아까워하지 않는 투지.

그 때문에 구풍백 자신은 싸우는 내내 간담이 서늘할 만큼의 위협적인 상황도 몇 번이나 겪었고, 결국 지붕이 초토화된 후 마당까지 내려와 싸움을 이어가야 했다.

말이 나오지 않을 정도의 무위와 투지. 구풍백이 기가 막힌단 얼굴로 상대를 노려보고 있을 때 일단의 무리가 황급히 달려왔다.

"무슨 일이야? 침입자라니?"

위지세가의 주인 위지람과 그의 형제들이었다.

"자객이오, 가주! 두 놈이 잠입해 숨어 있었던 것 같은데 한 놈은 추격 중이오."

구풍백의 대답에 위지람의 노기(怒氣)가 바로 위호에게로 향했다.

"누구의 사주냐? 날 죽이러 왔던 것이냐?"

"크흐흐흐……."

만신창이가 된 온몸을 자신의 긴 자객도 한 자루에 의지한 채 서서 다시없을 끔찍한 미소를 흘리는 무적풍 위호였다.

대답을 구풍백이 했다.

"대답하지 않을 거요."

"뭐랏?"

"꼴을 보면 알잖소. 입을 열 놈이 아니었소."

"그럼 붙잡아 고문을 해서라도 족쳐야지."

위지람의 노기가 다시 폭발할 때 위호가 앙천대소(仰天大笑)를 터뜨렸다.

"크하하핫! 하하하하하!"

"……?"

위지람도 구풍백도 죽일 듯이 노려보았다.

"구풍백! 한바탕 원 없이 잘 놀았다. 덕분에 소원 풀었어. 나중에 구천(九泉)에서 다시 만나면 술 한잔 사마. 크크큭, 으득!"

"저, 저저……?"

위지람이 삿대질을 하며 인상을 구겼다. 무적풍 위호가 물고 있던 독단을 깨물어 삼키곤 시커먼 핏물을 줄줄 게워냈기 때문이다.

극독(劇毒)이라는 걸 지독한 냄새로 금방 알 수 있었다.

천천히 감기는 위호의 충혈된 눈. 그리고 칼 한 자루에 모든 걸 의지해 걸쳐 있던 육신이 스르르 무너졌다.

털썩.

"지독한 놈들!"

쓰러진 위호를 보며 위지람이 이를 갈아댔지만 구풍백은

여러 감정이 뒤섞인 시선으로 말없이 응시할 뿐이었다.

*　　　*　　　*

 "아, 젠장. 밤에는 호위 서고 낮에는 위사 훈련시키고. 세상 미녀를 찾아 천하를 주유하고 있어야 할 내가 뭘 하고 있는 짓인지."

 어깨를 축 늘어뜨린 채 투덜투덜 별채 앞마당으로 걸어오는 송일비. 그는 조비연과 번갈아가며 봐주고 있는 외원의 위사훈련장에 갔다가 돌아오는 길이었다.

 "어라, 저 인간은 또 뭐하고 있대?"

 정원 한쪽 무거운 분위기를 연출하며 커다란 바위 앞에 우두커니 선 궁외수를 본 송일비가 그를 지켜보고 있는 조비연 옆으로 눈을 껌뻑대며 다가섰다.

 "쉿, 조용히 해봐."

 "왜? 저 녀석 뭐하는 거야?"

 "아침부터 저러고 있었어. 밤새 운기행공을 하고 나온 모양인데 지금도 뭔가 참오 중인가 봐."

 "그래?"

 송일비도 흥미롭단 듯 조비연이 기댄 난간에 풀쩍 올라앉아 나란히 외수를 주시했다.

 검을 들고 선 외수. 확실히 뭔가 일어날 것 같은 분위기였다.

송일비는 외수가 눈앞의 바위를 검으로 일격에 쪼개려는 건가 싶었다.

한데 그게 아니었다. 왼손에 검을 든 채 한동안 자신의 오른손 손바닥만 내려다보던 외수가 몇 번이고 팔을 뻗는 동작을 해보이더니 바위로 다가가 슬그머니 손을 가져다붙였다.

뭐하는 짓이지?

송일비가 영 수상한 표정으로 고개를 갸웃거리는 그때, 별안간 크고 거대한 울림이 전해졌다.

쿠쿵―

마치 땅속에서 올라오는 것 같은 울림. 심장까지 뒤흔드는 울림이었다.

송일비는 자신의 눈을 의심하며 난간에서 뛰어내렸다. 그리곤 바로 외수에게로 달려갔다.

"뭐, 뭐야?"

여전히 손을 붙이고 있는 외수.

"소, 소소, 손 떼 봐!"

충격에 아직도 돌먼지가 흩날리는 바위였다.

외수가 손을 떼자 송일비는 경악했다.

"뜨아아아아아!"

바위에 두 치 깊이로 찍힌 선명한 장인(掌印). 임의의 한 점에 힘을 모아 터뜨리는 격공장(隔空掌)을 내가중수법(內家重手法) 형태로 터뜨린 것임을 송일비는 한눈에 알아보았다.

송일비와 조비연이 놀라며 바위에서 눈을 떼지 못하는 사이 외수도 자신의 손을 보며 신기해했다.

"어라, 정말 되네?"

"뭐, 뭐야? 그럼 이게 처음 시도해 본 것이란 말이야?"

외수가 손에 눈을 둔 채 고개만 끄덕였다.

"이런 미친 새끼! 기가 막혀 말이 안 나온다."

펄펄 뛰는 송일비.

"야, 인마. 이건 평생 내공 수련을 해온 무림삼성 같은 인간들이나 가능한 수위야. 그런데 어떻게 한 번에……?"

"맞아. 그 늙은이들 흉내 내어 본 거야."

"뭐뭣? 그럼 무양진인의 무당 면장공을 따라했단 거야?"

"그게 면장공이란 거였어? 뭐 어쨌든 그것을 똑같이 따라했다기보다 그때 그 늙은이 손바닥 경력에 맞아 실신까지 한 게 억울해서 연구 좀 해봤어. 그런데, 되네… 나도."

"……?"

송일비가 아예 말을 잃었다. 아무리 머리 싸매고 연구한다고 이 같이 엄청난 장공을 시전해 낸다는 게 말이 되는 소린가.

그런데 더 경악할 일이 바로 이어졌다. 외수가 손바닥을 찍어놓은 바위가 한순간 산산이 부서지며 파사삭 주저앉아 버린 것이다.

"어억?"

정말 소스라칠 듯 놀라 자기도 모르게 풀쩍 물러나는 송일비.

표면만 파고든 것이 아니었다. 커다란 정원석(庭園石)의 내부까지 전체가 완전히 파괴되었다는 말.

송일비는 그게 사람이 맞았을 때 과연 어떤 결과를 벌어질지 연상하곤 소름이 돋았다.

완벽한 내가중수법에 의한 장공.

그런데 외수의 반응이 더 송일비를 더 놀라게 했다.

"으드득, 됐어. 이제 그 늙은이들과 제대로 싸울 수 있겠어!"

"뭐, 뭣?"

이까지 갈며 느닷없이 살기를 피워 올리는 외수.

송일비가 다시 한 번 경악했다.

"그럼, 무림삼성을 상대로 다시 싸울 생각으로 이걸 연구했단 거야?"

"당연하지. 그럼 무슨 이유겠어? 그때 나도 그 면장이란 것만 쓸 수 있었더라도 그렇게 당하진 않았을 거야. 난 붙잡으려고만 했으니까."

"……?"

말을 잃은 송일비.

"음, 이건 됐고. 비켜봐. 파천대구식도 연구해 보게."

"파, 파파, 파천대구식? 으응. 알, 알았어."

놀라움을 진정하지 못하는 송일비가 주춤주춤 물러나자 외수는 즉시 검을 뽑아 들고 움직였다.

파천대구식. 외수가 익힌 유일한 무공.

그동안 많은 부분 살을 붙여 제법 맘에 들 정도가 된 파천대구식이었지만 항상 뭔가 부족하다고 느꼈었다.

그중 다른 무엇이 필요하다고 생각되었던 여덟 번째 초식 '위진벽력(威振霹靂)'과 마지막 아홉 번째 초식 '뇌우천하(雷雨天下)'를 비로소 내공을 이용해 펼쳐보려는 생각이었다.

휘익! 휙! 휙!

물러나 외수를 지켜보던 송일비가 이번엔 어벙한 표정을 지었다.

"으응? 뭐야, 저게……."

어처구니가 없는 초식. 정말 볼 것도 없고 형편없는 초식을 외수는 무아경(無我境)에 빠진 사람처럼 혼자 열심히 펼치고 있었다.

"이봐, 비연. 내가 제대로 보고 있는 게 맞아? 저놈, 지금 저걸 검법 초식이라고 펼치는 거야?"

송일비의 의심은 당연했다. 일섬탈혼, 광무난파, 천중화벽 등 파천대구식의 다른 초식들은 살을 붙여왔지만 마지막 두 초식은 손도 안 댄 처음 그대로였기 때문이다.

"맞아. 저게 자기 무공이래. 책방에서 샀대나 뭐래나."

비아냥거리듯 콧방귀를 뀌며 대꾸하는 조비연. 그녀로선

이미 한 번 '음탕한 값(?)'을 치르며 경험한 무공이었기 때문이다.

비연의 대꾸에 송일비는 다시 한 번 눈을 부릅뜨고 면밀히 확인했다. 하지만 보고 다시 또 봐도 엉성하기 이를 데 없는 초식. 느린 데다 단조롭고, 마치 어린아이 칼 장난 같은 동작들뿐인 검공.

그런데 그때 외수가 미친놈처럼 환호를 터뜨렸다.

"된다! 되는군! 아하하, 이거였어!"

점점 머릿속이 뒤엉키는 송일비.

"저게 지금 뭐라는 거야? 뭐가 된다는 거야?"

조비연이라고 이해될 리 있을까. 눈에 빤히 보이는 빤한 초식. 그저 맹렬히 내리긋고 옆으로 내젓는 게 전부인데 무엇이 된다는 건지.

그럼에도 외수는 같은 초식을 몇 번이고 다시 반복했다.

"설마 검신에 검기(劍氣) 조금 비치는 것을 두고 저러는 건 아니겠지?"

송일비는 말을 해놓고도 당연히 아닐 거라고 스스로 고개를 저었다. 싸울 때 그 이상의 공력을 보이는 외수가 아니었던가.

그래도 송일비는 외수에게서 눈을 떼지 않고 뚫어지게 노려보았다. 조금 전에 바위를 손만 가져다 붙인 채 가루를 만들어 버린 것도 있고 해서 뭔가 보여줄 거란 믿음이 있었다.

한데 외수가 한순간 그대로 검을 거두었다.

송일비가 또 곧바로 달려가 따지듯 물었다.

"야, 궁외수! 지금까지 뭘 한 거야? 무엇이 됐다는 거지?"

돌아보는 외수.

"초식을 펼치는 방법을 알았단 의미였는데……. 그게 왜?"

"뭐? 초식을 펼치는 방법을 알았다고? 그게 어려웠어?"

"어렵다기보다 뭔가 미진한 부분들이 많았거든."

"야, 인마. 내가 보기엔 아주 많이 미진한데?"

버럭 성을 내듯 인상을 구기는 송일비. 하지만 외수는 담담하기만 했다.

"맞아. 하지만 몰랐던 참뜻을 알았어. 그래서 앞으로 어떻게 변형시켜 어떻게 펼칠지 그것에 대한 답도 얻었고."

"……?"

송일비는 당최 이해가 안 된단 얼굴로 인상만 더 긁었다.

"그, 그럼 무공을 만든단 말이야?"

"그게 만드는 건가? 그냥 이것저것 조합해서 생각나는 대로 재탄생시키는 것일 뿐인데?"

"얌마, 그게 그거지!"

"어쨌든 마지막 두 초식을 펼칠 수 있게 되었으니 그 늙은이들에게 복수할 수 있겠어. 다시 만나면 다신 발도 못 붙이게 죽여 버리겠어!"

"주, 죽여……?"

머리가 떵한 송일비.

그런데 외수가 돌아서 별채로 가며 지껄인 말은 송일비를 더욱 뒤집어지게 했다.

"좋아. 검법도 됐고, 이제 경신술인가 하는 허공을 마음대로 휘젓는 그것도 연구해 봐야겠군."

송일비는 넋을 빼고 섰다가 결국 머리를 세차게 흔들었.

"그래. 생각하지 말자. 저놈이 하는 짓은 정상이 아니야. 멀쩡한 놈 기준에선 말도 안 되는 일들뿐이야. 분명 내가 먼저 미쳐 버릴 거야. 아예 상종을 말아야 돼!"

머릿속을 털어내겠단 듯 아예 스스로 머리통을 쥐어박는 송일비.

그러고 있을 때 돌아가는 외수를 물끄러미 보고 있던 조비연이 혼잣말을 흘렸다.

"자존심이 많이 상한 모양이군."

그 말에 송일비가 즉각 신경질적으로 반발했다.

"야! 그게 말이 돼? 상대가 무림삼성이잖아. 죽지 않은 것만 해도 다행인 거지. 말이 되는 소릴 해!"

"바보 녀석, 그 뜻이 아니야. 싸움에 져서가 아니라 자기가 면장공에 의식을 잃는 바람에 지키기로 한 모든 것들을 자칫 다 잃을 뻔했다는 게 마음에 박힌 거야. 가시처럼!"

"......?"

"어쨌든 지켜주겠단 약속을 못 지킨 거잖아. 그의 입장에

선. 그 약속 하나 때문에 여기 있는 녀석인데."

다시 머리가 띵해진 송일비.

잠시 넋을 놓고 있던 그가 또 자기 머리통을 연신 쥐어박으며 방으로 향했다.

"아아, 생각하지 말자. 평범한 인간의 머리론 진짜 같이 돌아버리겠어. 아아아."

第八章

가출의 이유

낄낄낄! 히히히! ㅎㅎㅎ!

—처음 만날 날 술에 뻗은 시시를 업고 자기 방에다
 눕히기까지 외수가 흘린 웃음의 종류

　무림삼성의 등장에 무림맹이 발칵 뒤집혔다. 달려든 서슬이 보통이 아니었기 때문이다.
　"육승후, 어디 있느냐?"
　통보나 출입 절차도 무시하고 정문과 대전(大殿)에 들어설 때부터 내지른 고함 때문에 천지 사방이 쩌렁쩌렁했다.
　맹주 육승후와 그의 수족들이 못 들을 리 없었다.
　"선, 선배?"
　"삼성 어르신……."
　문상 공약지, 무상 곽한도와 같이 허겁지겁 달려 나온 육승후가 심상찮은 세 늙은이의 기색을 살피느라 여념이 없었다.

"어찌 되었느냐? 조사는 마쳤느냐?"

독이 바짝 오른 구대통의 물음.

"무, 무엇을……?"

"암왕 당호와 그 혈족들의 죽음 말이다!"

육승후의 미적지근한 대답에 구태통의 언성이 더욱 높아졌다.

"아직 조사 중에 있습니다."

"극월세가는?"

"예?"

"그곳을 노리는 흉수들에 대해 알아보고 감시자들을 배치해 궁외수를 주시하라 하지 않았더냐."

"그것도 아직……."

"이것들이!"

쾅!

옆을 내려친 구대통의 손에 용(龍)의 형상을 조각한 석재 조형물 하나가 산산이 부서져 바닥에 흩어졌다.

"네놈들은 대체 뭣 하는 놈들이야?"

펄펄 끓는 구대통. 핏발이 선 그의 고함이었다.

성질이라면 뒤지지 않는 육승후지만 이 순간만큼은 긴장하며 자세를 낮췄다.

삼성의 몸에 보이는 부상 흔적, 그리고 평소 급한 성격에 거칠긴 해도 이렇게까지 격노하는 경우는 보이지 않았던 구대통이기에 분명 뭔가 좋지 않은 상황임을 충분히 인지할 수 있는 것이다.

"네놈들 직분을 소홀히 하는 것도 모자라 이젠 내 말까지 무시해?"

"고정하십시오, 선배. 맹의 일이 워낙 많다 보니 그리 보인 것일 뿐 절대 직무유기를 하거나 하명을 등한시한 것은 아닙니다. 암왕 피살로 인해 전 무림이 들끓고 있고 당문세가에서도 도착해 길길이 날뛰고 있는 중인데 어찌 그럴 수가 있겠습니까?"

"네놈들이 직접 움직여!"

"예?"

"왜 그딴 낯짝으로 쳐다보는 것이냐. 너와 네 수족들이 직접 조사에 나서라는데. 몸뚱이 놀리기 싫어? 그저 이곳에 앉아서 손가락만 까닥이며 들어오는 떡이나 받아먹고 싶은 것이냐?"

"아, 아닙니다. 그리 하겠습니다. 우선 제발 고정하고 이쪽으로 앉으십시오."

"시끄럽다! 네 눈엔 지금 우리가 거기 앉을 시간이 있어 보이느냐."

"……."

말이 통하지 않는 구대통. 육승후는 극도의 저자세를 유지하며 말을 이었다.

가출의 이유 235

"무슨 일입니까? 어찌하여 세 분께서 이처럼 격노하셨는지… 어디 또 다른 일이 터지기라도 한 것입니까?"

"마도 쪽 상황에 대해 얼마나 정보를 파악하고 있느냐. 그들에 대해 꿰고 있는 것을 모조리 꺼내 놔 봐!"

육승후의 눈꺼풀이 희뜩 했다.

"마도……? 청해 일월천을 말씀하시는 겁니까?"

"그렇다. 뜸 들이지 말고 어서 말해!"

"선배, 갑자기 일월천 쪽 상황은 왜? 혹시 그들이 수상한 움직임이라도 보였습니까?"

"이놈이?"

계속 대답은 않고 되묻기만 하는 육승후가 짜증스럽단 듯 구대통이 쌍심지를 치켜세웠다.

급한 성격의 구대통. 보다 못한 무양이 끼어들어 한마디를 던졌다.

"첩혈사왕으로 의심되는 자가 나타났다."

"……."

자신의 귀를 의심하는 눈치들. 잘못 들었는가 싶어 육승후는 공약지와 곽한도를 돌아보며 재차 확인했다.

"무, 무양 선배. 혹시 방금 처, 첩혈사왕이라고 하셨습니까?"

"그렇다."

"으읍?!"

아니나 다를까, 육승후도, 공약지와 곽한도도 눈알이 튀어나올 듯 치뜨고 헛숨까지 토하며 기겁을 했다.

"첩, 첩혈사왕이라고요?"

"그래. 그자에 대한 최근 정보가 들어온 게 있느냐?"

"……."

대답조차 못 하고 말을 잃는 육승후.

그러자 구대통이 다그쳤다.

"대답해라, 이놈!"

육승후가 무양과 구대통을 번갈아 쳐다보며 황망히 대답했다.

"선배, 그 이름이 왜 나옵니까? 없습니다. 이미 이십여 년 전에 지워진 이름이잖습니까. 그 이름 들어본 지도 수년이 지났습니다. 그런데 갑자기 왜……?"

이번엔 명원이 나섰다.

"즉시 마도 쪽에 사람을 보내서 그자에 대해서 모든 걸 알아봐. 죽었는지 살았는지. 죽었다면 어떻게 죽었고, 살아 있다면 현재 어디서 무엇을 하고 있는지."

"대체 어떻게 된 일입니까? 갑자기 왜 그자가 튀어나온단 말입니까? 무슨 일인데요?"

첩혈사왕이란 이름만으로도 답답하고 절박해진 육승후였다. 공약지와 곽한도의 표정도 절대 다르지 않았다.

왜 아니 그럴까?

가출의 이유 237

마도 통일대전 당시, 방대하게 퍼져 각자 막강한 독자 세력을 구축하고 있던 마도 세력들을 고작 일천 명의 철혈마군만을 이끌고 단숨에 휩쓸어 모조리 굴복시켰던 인물인데.

 이십여 년 전 그의 위명은 마도 쪽에서나 백도 쪽에서나 가히 '절대 공포'였다.

 백도 무림은 그가 마도에 이어 중원을 칠 것이라 예상하며 모두가 겁에 질렸고, 그로 인해 황급히 조직된 것이 현재의 무림맹 아니었던가.

 그가 철혈마군과 서쪽 하늘을 휩쓸며 바닥에 깐 시체가 수만 명이고, 그가 직접 벤 마도 고수의 숫자만 해도 수천 명에 이른다 했다.

 그가 보이지 않는단 정보가 들어오고 그가 무성한 소문만 남긴 채 마도에서 사라졌다는 사실이 확인되었을 때 정파 무림이 얼마나 안도했던가.

 그런데 느닷없이 그의 이름이 튀어나오다니.

 그 끔찍한 이름이······.

 육승후를 비롯한 공약지와 곽한도는 무림삼성의 입만 주시했고 무양이 다시 입을 열었다.

 "그가 아니고서는 도저히 설명이 안 되는 무위를 지닌 자를 만났다. 그러니 맹의 모든 첩정(諜偵)을 보내서라도 그의 존재 여부를 반드시 확인해야 한다."

 육승후가 다시 되물었다.

"만났다는 말씀은 그 자와 싸웠다는 말입니까?"

무양은 숨기지 않았다.

"그렇다. 우리 셋이 한꺼번에 맞서고도 삼초지적도 되지 못하는 그런 자였다."

"으헉?"

경악을 하는 육승후.

"그래서 반드시 확인해야 한다. 만약 그가 우리가 짐작하는 마도의 절대자 첩혈사왕이라면 무림에 다시없는 위기가 될 수도 있다."

"어디서 마주쳤습니까, 어디서?"

"극월세가다."

"그, 극월세가?"

"아직 그곳에 있는지는 알 수 없다."

구대통이 다시 화를 토했다.

"그래서 네놈에게 거길 감시하라 하는 것이다. 육승후, 이 멍청한 인간아! 지금 일어나고 있는 거의 모든 사건이 궁외수 그놈을 중심으로 묘하게 연결되고 있단 느낌을 받지 못하느냐? 설사 놈이 범인이 아니더라도 암왕 살해 사건도 분명히 연관이 있을 것이다. 그러니 감시해! 오늘부터 당장!"

"알, 알겠습니다, 선배!"

무림삼성의 강요가 아니어도 이제 그럴 수밖에 없는 육승후였다.

정파 무림의 최고수인 무림삼성이 삼초지적도 안 되는 존재라니 어찌 확인하지 않을 수 있겠는가. 마른침까지 꿀꺽 넘기는 육승후였다.

"좋다. 마지막으로 한 번만 더 믿어보겠다. 이번에도 똑바로 일처리를 하지 않으면 내 손으로 직접 네놈을 맹에서 쳐내버릴 것이야!"

구대통이 마지막 화를 토해놓고 돌아섰다. 그러자 무양과 명원도 육승후에게서 눈을 거둬 천천히 등을 보였다.

"어, 어딜 가시는 겁니까?"

"우린 우리대로 알아볼 것이 있다. 너는 시킨 일이나 빨리 완수해!"

"……."

황망히 쫓던 육승후가 멈춰 서자 뒤도 안 돌아보고 대전을 빠져나가는 세 사람.

밖에서 기다리고 있던 미기가 육승후의 물음을 대신했다.

"진짜 어디로 갈 거야?"

명원이 걸음을 멈추지 않고 대답했다.

"곤양이란 곳으로 간다."

"호호, 그것 재밌겠네. 그 인간이 어떻게 살았는지 궁금하기도 했는데."

열일곱 살, 부쩍 커버린 미기.

일 년여 만에 피부며 맵시며 반들반들 아가씨 태를 갖춘 그녀가 사과 같은 엉덩이를 뻬쭉거리며 세 늙은이 뒤를 바삐 쫓았다.

*   *   *

'입었을까? 입었겠지? 흐흐흐.'

햇볕이 따사로운 오후. 극월세가에 와서 처음으로 제법 긴 시간 편안한 나날을 보내고 있는 궁외수. 그가 별채 자신의 방 앞에 의자를 내어놓고 창가에 붙어 앉아 어딘가를 쏘아보며 혼자만의 즐거운 상상으로 실실거리고 있었다.

"흐흐흐, 히히."

연신 히죽대는 웃음.

마침 별채에서 나오다 그 꼴을 본 송일비가 불쑥 얼굴을 들이밀었다.

"요즘 그렇게 실실거리며 익히는 무공도 있냐?"

"헉?"

외수가 의자와 같이 뒤로 자빠질 듯이 깜짝 놀랐다.

"어라? 뭘 보고 있었기에 이렇게 놀라지?"

그답지 않게 놀라는 모습이 수상한 송일비가 고개를 삐쭉 내밀며 외수의 시선이 붙어 있던 곳을 확인했다.

정원 한쪽 화단에 쪼그리고 앉아 화단 가꾸기에 열심인 시시와 반야. 딱 보아도 시시가 반야를 데리고 나와 여러 명의 시녀들과 함께 화단 가꾸기를 하는 모습일 뿐 별다른 게 없었다.

"뭘 보고 그렇게 히죽거렸던 거야?"

"보긴 뭘 봐. 그냥… 흠흠."

고개를 돌려 딴청을 피우는 외수.

하지만 송일비의 눈초리는 점점 더 예리하게 꺾여 돌아갔다.

"아닌데. 침 흘린 자국까지 있잖아. 분명 음흉한 눈길로 히죽댔는데. 말해! 뭘 훔쳐보며 히죽댄 거야?"

달려들어 외수의 멱살을 잡고 흔들어대는 송일비.

"읍, 읍, 읍!"

"빨리 말 못 해? 너 이 자식, 시시 소저 엉덩이 훔쳐보고 있었던 거지? 그러면서 괴상한 상상한 거 아냐?"

"읍, 읍, 읍읍, 아니, 라니, 까!"

지은 죄(?)가 있어 송일비가 머리통을 마구 흔들어대는 데도 뿌리치지 못하는 외수.

그 소동에 화단의 시시와 반야가 돌아보며 일어섰다.

"어쩐지 시시 소저랑 반야가 요즘 밖에도 잘 나오지도 않고 방에만 있다 했어. 너 때문이지? 솔직히 말해. 네가 무슨 짓을 한 거지?"

"공자님……?"

시시의 목소리.

외수를 쥐고 흔들던 송일비가 돌아보았다.
"시시 소저."
보자마자 울상부터 짓는 송일비.
"왜 그 동안 방에만 박혀 있었던 거요. 어디 아팠소?"
"……."
"아니면 혹시 이놈이 또 음흉한 짓을 시도하기라도 했소?"
"무슨 소리야, 비켜!"
아예 외수 무릎 위에 앉아 있던 송일비는 외수가 일어나며 밀쳐 버리자 그제야 손을 놓고 떨어졌다.
"흠흠."
멋쩍어하며 딴 데다 눈을 두는 외수.
시시도 반야도 똑바로 보지 못하고 우물쭈물하기만 했다. 슬금슬금 뒷걸음질을 하던 반야. 결국 그녀는 앞도 보지 못하면서 더듬더듬 도망치듯 자리를 피하려 애를 썼다.
"어머, 반야 아가씨?"
딴청을 부리고 있던 시시가 얼른 쫓아가 그녀를 잡아주었다.
"그만… 들어갈래요."
시시가 즉시 동의했다.
"네, 아가씨. 들어가요."
발갛게 홍조를 띤 두 여자의 얼굴. 외수의 상상이 맞는 듯했다.

그녀들이 별채 뒷문을 향해 돌아가자 송일비만 난리 났다.

"시시 소저, 시시 소저?"

결국 대꾸는커녕 돌아보지도 않고 시야에서 시시가 사라지자 송일비는 상실감에 빠졌다.

"이 자식, 이게 다 너 때문이야. 무슨 짓을 한 거야? 또 알몸일 때 뛰어들었어? 솔직히 말 안 해?"

"커컥, 컥컥."

또다시 외수 멱살을 잡고 마구 흔들어대는 송일비.

그러고 있을 때 본채 위사 하나가 달려왔다.

"궁 공자님, 아가씨께서 뵙자고 하십니다."

* * *

자신의 집무실이 아닌 외수의 집무실에서 총관 설순평과 기다리는 편가연.

"찾았어?"

"네. 어서 오세요, 공자님."

외수가 송일비와 같이 들어서자 정중히 일어나 맞이하고 외수가 자리에 앉자 그제야 가만히 마주앉는 편가연. 언제나 변함없는 그녀의 자세와 품격이었다.

"무슨 일이야?"

"외부… 일정이 생겼어요."

어렵고도 조심스럽게 말을 건네는 편가연.

그렇지만 외수는 덤덤했다.

"그래? 무슨 일인데?"

"저희 극월세가가 해마다 마지막 달 마지막 날에 큰 행사를 한다는 건 아실 거에요."

묵묵히 고개를 끄덕이는 외수. 시시에게 들어서 잘 아는 부분이다. 편씨세가가 극월세가라 불리는 이유.

한 해 동안 발생한 이익의 적지 않은 부분을 가장 어려운 시기에 빈민들을 위해 쓰고 있다는 것.

"전국 저희 사업장이 있는 곳이라면 어김없이 행해지는 사업이고 그중 한 곳을 제가 방문해야 해요."

뒤에서 듣고 있던 송일비가 의문을 표시하며 끼어들었다.

"편 가주, 그런 일이라면 직접 갈 필요까지야 있소?"

편가연의 기색이 무겁게 가라앉았다. 사실 그녀도 결정을 하기가 쉽지 않았던 탓이다. 자신의 안위 때문이라기보다 매번 위사들과 궁외수가 다치는 것이 마음 아픈 까닭이다.

편가연은 시선을 아래에 두고 힘들게 말을 이었다.

"행사 시작하는 날 어느 한 곳을 정해 가주가 참석하는 건 아버지께서 빠짐없이 해오던 일이었어요. 전통처럼 굳어버린 일이죠. 아버진 그들에게 직접 모습을 보이는 것만으로도 힘이 되는 일이라면서 병중인 상태에서도 아픈 몸을 이끌고 나가시기도 하셨어요. 저는… 제 대에 이르러 그 뜻을 깨고 싶지 않아요."

편가연의 마음을 안 송일비가 무겁게 고개를 끄덕였다.

"음, 그랬구려. 몰랐소."

외수가 무거운 분위기를 깨뜨렸다.

"어디야?"

다시 고개를 드는 편가연.

"무성현(戊成縣)의 상촌(象村)이란 지역이에요."

설순평이 설명을 이어 붙였다.

"행사에 가주께서 참석하시는 건 사흘간입니다만 오가는 데 이틀이면 되는 거리입니다. 세가 수뇌 회의에서 최대한 가까운 지역으로 결정했습니다."

편가연의 눈치를 읽은 외수가 그녀의 불안감을 덜어주었다.

"걱정하지 말고 행사 준비나 잘해. 지금은 상황이 달라. 귀수비면 송일비와 철랑 조비연이 있고, 또 두 사람이 위사들 훈련까지 맡아 준비시켰잖아."

송일비가 어깨를 으쓱하며 호기롭게 외쳤다.

"하하. 그렇소, 편 가주. 걱정 말고 출발 준비나 하시오. 편가주의 안위는 우리가 책임지겠소."

"고맙습니다. 송 공자님."

송일비의 호기에도 편가연의 기색은 쉽게 풀리지 않았다.

외수가 일어났다.

"행사에 가주가 참석할 것이란 건 세가를 노리는 놈들도 알고 있을 테니 반드시 기습이 있을 것 같군. 나가서 대응 계획을 짜봐야겠어. 탈 없게 잘 준비할 테니 너는 행사 준비에만 신경 써!"

즉각 따라 일어서는 편가연. 그러나 대답할 틈도 없이 외수는 밖으로 향하고 있었다.

"이봐, 궁외수. 우리가 준비하는 만큼 놈들도 이번엔 단단히 벼르고 나타날 것 같은데 정말 괜찮겠어?"

별채로 가는 복도를 걸으며 송일비가 넌지시 건넨 말.

"편가연만 문제없이 지킬 수 있다면 오히려 잘된 일이야. 우리에겐 놈들에 대해 알아낼 기회라곤 그때뿐이니까."

"……"

매섭게 변한 외수의 분위기. 하지만 짐작보다 훨씬 더 큰 충격이 기다리고 있음을 두 사람은 까맣게 몰랐다.

*   *   *

반야의 방 안.

반야를 데리고 들어온 시시는 시시대로, 반야는 반야대로 서로 눈치를 보며 모른 척 쭈뼛대고 있었다.

부끄러운 탓이다.

'바보. 내가 이걸 왜 입었지? 그날 밤 그… 일까지 있었는데?'

치맛자락을 볼끈 쥐고 허벅지 사이로 여미는 시시.

'눈치챘을까? 당연히 입고 있을 것이라 생각했겠지? 혹시 상상하지는 않았을까? 어떡해, 부끄러워, 부끄러워!'

두 뺨을 감싸 뜨거워진 얼굴을 숨겨 버리는 반야.

두 여자는 두 손에 잔뜩 묻은 흙을 의식조차 못 할 만큼 어지러운 머릿속을 추스르느라 여념이 없었다.

"시시 소저……."

한참 만에 자신의 침대에 조용히 걸터앉은 반야가 어색한 분위기를 깨며 입을 열었다.

"네, 아가씨."

"시시 소저는 궁 공자님이 살던 곳에 가보셨다고 했죠?"

"네, 모시러 갔을 때."

"어떤 곳이었어요?"

외수가 살던 곳이 궁금한 반야.

시시가 가만히 쳐다보다 대답했다.

"음……. 사방이 높은 산으로 겹겹이 둘러싸여 있어 구석지긴 해도 작지만은 않은 촌 동네였어요. 여러 마을들이 있었고요, 서로가 다 아는 인심 좋은 사람들, 그리고 작은 강을 끼고 있는 아담하고 아늑한 풍경……."

시시는 설명을 하다 강에서 알몸으로 혼절했던 일을 떠올리곤 살짝 말을 머금었다.

당시엔 겁탈 정도가 아니라 자기를 잡아먹으려는 줄 알고 얼마나 무서웠던지. 겁에 절려 살려달라며 작은 은장도를 뽑았던 기억이 생생하기만 했다.

살짝 미소를 지은 시시가 다시 말을 이어갔다.

"공자님께서 사시던 곳은 마을이 아니라 뒷산 높은 곳의 중턱쯤이었어요."

"산… 중턱… 이요?"

"네, 마을 전체 훤히 내려다보이는 곳이었지요. 그냥 나무와 흙으로 얼기설기 지은 집이었는데 낭떠러지가 내려다보이는 마당도 있었어요."

"힘들었겠군요. 거기까지 찾아 올라갔어야 했다면."

"아니에요. 저는 공자님이 업고서……."

"……."

다시 말을 끊은 시시.

"호호, 사실은 그 전날 밤에 색주가에 계시던 공자님 아버님께서 자신은 그런 고수가 아니라며 돌아가라 하시는 바람에 너무도 좌절해 술을 좀 많이 마셔 버렸거든요. 깨어 보니 그 초옥이었고 공자님이 절 업고 거기까지 옮긴 모양이었는데, 몹시 피곤했던 상태로 쓰러져 깨질 못했던 것 같아요."

"가보고 싶네요. 어떤 곳인지……."

갑자기 우울한 기색을 흘리는 반야.

반야는 단순히 가보고 싶다고 말했으나 사실 그곳에서 궁외수와 같이 사는 모습을 혼자 상상해 보곤 하는 그녀였다.

둘이서만 알콩달콩 오순도순. 물론 자신이 시력을 되찾고 난 이후에.

언젠가 눈을 고치게 되면 외수의 곁을 떠날 것이라 속으로 다짐하고 다짐했으나 자꾸만 그런 쪽으로 생각이 가는 건 어떻게 할 수가 없었다.

그리고 그런 생각이 더욱 커진 최근이었다.

일월천 교주 첩혈사왕.

마도의 절대자인 그를 편가연은 어떻게 생각할까.

세상의 눈을 의식해야 하는 중원 최대 상가 극월세가. 그리고 백도 무림의 땅.

과연 편가연은 궁외수의 신분을 알고 나서도 그를 받아들일 수 있을까. 단순한 마도인도 아닌 마교주의 핏줄과 혼인한다는 시선을 이 땅에서 그녀는 감당할 수 있을까.

반대로 외수는 어떠할까.

자신의 아버지가 마교주임을 알았을 때, 또 그의 신분이 세상에 알려졌을 때 그는 어떻게 반응하고 대처할 것인가.

걱정이 많은 반야였다.

마교주의 아들이라니. 앞으로 벌어질 일, 외수가 떠안아야 하는 현실이 눈앞에 보이는 듯했다.

고개를 떨어뜨린 채 말이 없는 반야.

분위기가 다시 아리송해진 그때, 갑자기 문이 덜컥 열렸다.

"반야! 시시!"

얼굴을 들이민 외수.

"헉?"

시시와 반야가 깜짝 놀라 뒤집어졌다.

반야는 그대로 후다닥 침대 위로 올라가 이불을 뒤집어써 버렸고, 시시는 반사적으로 아랫도리를 두 손으로 가린 채 인상을 썼다.

"도대체 뭐예요, 공자님? 이번엔 알몸이 아니어서 실망하셨나요? 제발 그 우연을 가장한 만행 좀 그만하시면 안 돼요?"

벌건 얼굴에 울상을 해 보이는 시시.

"무슨 소리야? 외부 일정이 생겼다고 말해주러 왔는데."

"어쨌거나 말예욧! 그 문 좀 벌컥벌컥 열지 마세요!"

"아, 알았어. 놀란 모양이군. 미안해. 근데 좋은 술 남은 게 있으면 한 단지만 가져다줄래?"

"술은 왜욧?!"

"죽림에 가보려고."

"알겠어요. 나가 계세욧!"

입에선 칼날이 날아 나오고, 눈에선 광선이 쏘아져 나오는 것 같은 시시였다.

다시 슬그머니 문을 닫는 외수. 돌아서는 그의 입가에 곧바로 음흉한 웃음이 지어졌다.

"아깝네. 여기저기 흙도 묻었으니 딱 그러고 있을 순간이었는데, 흐흐흐… 엇?"

돌아서다 딱 걸린 외수. 도끼눈을 한 송일비가 눈앞에 있었다.

"너 이 자식, 방금 뭐라고 씨부린 거야?"

"드, 들었어?"

"뭐? 들었어? 이 새끼가 감히 나의 시시 소저를? 오늘 너 죽고 나 죽자. 기필코 오늘 그 못된 버릇을 고쳐 주마. 이얏, 죽어랏!"

퍽퍼퍽! 퍼퍽! 퍽퍽퍽!

* * *

"그런데 네놈 그 낯짝은 뭐냐? 동네 건달들한테 맞았냐?"

시퍼렇게 멍든 눈두덩을 올려다본 사하공의 말에 외수가 대답을 못 하고 쭈뼛거렸다.

하지만 따라온 시시가 콧방귀를 뀌며 사실을 널리 공표해 버렸다.

"홍! 음흉한 짓 하려다 들켜서 얻어맞은 거예요, 할아버지!"

"잇!"

째려보는 외수. 하지만 시시는 고개를 돌려 콧방귀만 풍풍 뀌어댔다.

"음흉한 짓? 꼴에 그런 것도 할 줄 아는 모양이군. 그런데 그딴 물건은 왜 필요한 것이냐?"

"편가연의 외부 행사가 잡혔소."

"그렇겠지. 마지막 달이 됐으니."

"적들이 강하게 나올 건 뻔하오. 이제 인명 피해를 줄이고 싶소. 그래서… 부탁하겠소."

"……."

노려보는 사하공이었지만 거부하지는 않았다.

"알았다. 술이나 더 가져와라."

"흐흐흐, 알겠소. 얼마든지."

외수가 기분 좋게 벌떡 일어났다. 자기의 부탁을 들어주어서가 아니라 사하공이 아픔을 억지로라도 삭이며 대장간 일을 하고 있다는 게 기뻐서였다.

"다시 오겠소."

외수는 꾸벅 인사를 하고 시시와 대장간을 나왔다.

다시 돌아가는 길. 슬금슬금 날이 저물고 있었다.

"시시, 왜 계속 그렇게 뒤쳐져서 걸어?"

"앗, 돌아보지 마세요."

시시가 외수를 향해 두 손까지 내저으며 질색을 했다.

"뭐?"

결국 걸음을 멈춘 외수.

어쩔 수 없이 같이 멈춘 시시는 또 슬그머니 얼굴을 붉히고 쭈뼛거렸다.

"아니, 그냥 뭐……."

"……?"

똑바로 보지 못하고 고개를 처박는 시시.

행동은 그래도 사실 시시는 지금 무척이나 행복한 나날이었다. 그가 자기를 사랑한다는 사실. 그것만으로도 하루하루가 구름 위를 걷는 것 같이 행복하고 날개가 없어도 하늘을 날 수 있을 것처럼 항상 들뜬 마음이었다.

물론 편가연을 생각지 않을 때 가능한 일이었지만.

그래선 안 된다는 걸 알고 항상 머릿속에 되뇌면서도 어쩌지 못하는 마음. 주인의 남자를 너무도 깊이 흠모해 버린 마음. 시시는 자신이 그어놓은 선, 절대 겉으로 드러내지 않는 선 안에서 아무도 몰래 그를 맘껏 사랑하기로 해버렸다.

그것이 외수가 자신의 입술을 훔치던 그날 밤 밤새 홀로 마음을 끓이며 내린 결정이었다.

"왜 그런 눈으로 보세요?"

슬그머니 곁눈질로 외수를 확인하는 시시.

그때 외수가 불현듯 성큼 다가섰다.

진지하고 무거운 표정. 시시는 그 순간 입맞춤을 해왔던 그날 밤과 똑같은 분위기를 느끼고 또다시 두근대는 심장을 주체하지 못했다.

뒷걸음질 치듯 슬금슬금 물러나는 시시. 그리고 그녀에게로 뻗어지는 외수의 손.

그때.

"아, 안 돼요!"

후다다닥!

도망가는 시시. 터질 것 같은 심장을 안고 외수의 손길을 피해 내원으로 뛰어가는 그녀였다.

번개보다 더 빠르게 손 밑으로 지나가 버린 시시를 어이없단 표정으로 멀뚱히 돌아보는 외수.

"응, 뭐야? 머리칼에 나뭇잎 같은 게 붙어서 떼어주려던 거였는데?"

손을 쳐든 채 시시를 보고 있던 외수가 킥 하고 웃음을 터뜨렸다. 달려가면서도 엉덩이를 가리려 애쓰는 두 손이 귀여워서였다.

"저렇게 창피할까. 후후훗."

외수는 따라가지 않고 시시가 사라진 곳을 팔짱을 낀 채 지그시 노려보았다.

시시, 능소…….

정말 사랑스러웠다. 무엇으로 표현할 수 없을 만큼.

저런 여자가 또 있을까.

문득 외수는 그녀와 처음 만났던 날을 떠올렸다. 호랑이에게 쫓긴 것 같은 꼴을 하고 말을 걸던 그녀.

물론 그게 아니라 세상을 처음 만난 무서움과 두려움에 쫓겨 그리 되었단 걸 알았지만 그때의 그 모습은 두고두고 잊히지 않을 기억이었다.

또한 손가락만 한 은장도를 빼어들고 겁에 질린 토끼처럼 바들바들 떨며 살려달라고 애원하던 모습.

그 사랑스러움을 어찌할까.

외수는 그때부터 그녀가 좋았던 것일지도 모른단 생각을 했다. 가출했던 이유가 그녀를 못 보게 되는 게 아쉬웠던 것일지도.

어떤 잡스런 것도 섞이지 않은 순결함……

외수는 생각이 그에 미치자 스스로 한 차례 자기 머리를 제법 세게 쥐어박았다. 자기가 그 맑고 깨끗함에 흠집을 내고 있다는 생각 때문이었다.

지켜주고 아껴줘도 모자랄 판에.

"흠, 그래. 그 사랑스러움, 오래오래 가져갈 수 있도록 지켜주겠어! …반야와 함께."

第九章

불길한 예감

그놈, 내 아들을 건들지 마라. 내가 네놈들 사는 세상을 멸해 버릴 수 있다.

―궁천도란 이름으로 사는 남자

하남의 대산맥 중 하나인 천중산맥(天仲山脈). 그 속에 은밀하게 근거지를 둔 집단 하나가 맹렬한 전의(戰意)를 끌어올리고 있었다.

바로 비천도문, 귀살문, 독곡과 더불어 무림 사대비문(四大秘門) 중 하나로 불리는 살수조직 비영문(秘影門).

"한 사람도 빠짐없이 모두 모인 것이냐?"

"그렇습니다, 문주!"

"좋다. 두 번 다시 실패란 있을 수 없다. 이번에도 임무를 완수하지 못하면 우리 비영문은 더 이상 존재할 수 없다는 것을 명심하라. 그동안 너무 많은 희생이 따랐기 때문이기도 하지만 우선 그들이 우릴 가만 놔두지 않을 것이기 때문이다."

비영문주 금쇄살도(金碎殺刀) 천우선(天宇鮮). 그의 말에 비장함이 흘렀다.

무려 삼백 명이나 되는 살수들.

비영문의 사활을 걸고 모두를 집결시킨 그였다.

"이번엔 나도 나설 것이다. 이번이 마지막 기회이고 최적의 기회이다. 다른 것은 필요 없다. 단 한 명의 심장에 칼을 꽂아 넣기만 하면 된다. 수단과 방법을 가리지 마라. 살아 돌아올 생각도 하지 마라. 실패하면 나부터 그 자리에서 죽겠다."

"명심하겠습니다!"

모두가 받드는 복명.

결연한 의지를 불태우던 천우선이 낮은 단상에서 일어났다.

그것을 신호로 부복해 있던 살수들이 일제히 일어나 각각의 무리를 이뤄 전각을 빠져나갔다.

마지막 무리가 빠져나가는 걸 지켜보고 있던 천우선이 자신을 보좌하는 두 명의 수하에게 물었다.

"독곡의 지원도 확인했겠지?"

"예, 문주. 남녀노소로 구성된 오십여 명의 독살(毒殺)들을 합류시키겠다고 했습니다."

"좋아, 이번만은 반드시……! 으드득. 가자!"

이까지 갈아대며 의지를 다지는 천우선의 모습은 오히려 처연해 보일 정도였다. 그럴 수밖에 없는 것이, 이번에도 실패하면 비영문에 남은 수백 명 식솔들까지 같이 죽는 것이기 때문이다.

천우선은 좋은 쪽으로 생각하려 애를 썼다.

반대로 성공만 한다면 향후 비영문 모두의 부귀영화는 탄탄대로였기 때문에.

* * *

공동산.

공동파 장문 충령은 집무실이 아닌 마당에 나와 정신없이 서성댔다. 집무실 안에선 답답함을 견딜 수 없었기 때문이다.

"어떻게 된 것이냐! 어째서 회신들이 없는 것이야?"

따라 나온 이대제자들에게 퍼부어지는 화. 무림맹을 비롯한 각대문파에 수십 차례 전서를 보냈건만 그 어떤 회답도 도착하지 않은 탓이다.

"장문, 그것이 마교 놈들이 전서구를 가로채는 듯합니다. 그렇지 않고서는……."

제자의 답변. 하지만 그것을 모르지 않는 충령이기에 더 화가 끓는 것이었다.

"그렇다면 다른 수를 내야 하지 않느냐. 언제까지 이렇게 손 놓고 있을 참이야?"

"물론 인편으로 보내는 시도 역시 해보긴 했습니다. 하지만 번번이 놈들의 봉쇄에 걸려 빠져나갈 수가 없었습니다. 모든 길목을 차단하고 있을 뿐만 아니라 길 아닌 곳도 어김없이 나타나 가로막고 있어서 도저히……."

"……."

어이가 없어 말조차 잃는 충령.

정말 미치고 팔딱 뛸 일이었다. 이유도 모른 채 봉쇄당해 출입마저 마음대로 할 수 없는 상황이라니. 일파의 장문으로서 견딜 수 없는 치욕과 수모만 쌓여가는 중이었다.

이제 어떡할 것인가. 정말 백령 녀석의 주장처럼 멸문을 각오하고 일전을 치러야 하는 것인가?

충령이 머리가 빠개져 나갈 듯한 고민을 거듭하고 있을 때 일대제자 무령이 허겁지겁 상천관으로 뛰어 올라왔다.

"사형, 사형! 장문사형!"

몹시도 다급하고 상기된 표정.

충령은 첩혈사왕과 철혈마군이 다시 쳐들어오는 건가 싶어 심장이 덜컥 내려앉았다.

"무슨… 일이냐? 왜 그래?"

겁과 두려움이 감춰지지 않는 물음.

"사, 사형. 없습니다. 놈들이 사라졌습니다."

"뭐……? 무… 무슨 말이냐? 자세히 얘기해 봐라!"

"마교 놈들이요. 어젯밤까지만 해도 꼼짝 않고 있던 놈들이 오늘 아침 언제 있었냐는 듯 감쪽같이 사라지고 없습니다."

"그, 그그, 그게 정말이냐? 확인해 봤어?"

"예. 십 리 밖까지 제자들을 데리고 나가서 다 살펴봤습니다. 한데 어디로 꺼졌는지 놈들 모습은 흔적조차 찾을 수 없었습니다."

"……?"

멍한 충령. 어지럽던 머리가 개운해지고 답답하던 심장이 확 뚫리는 느낌이었다.

하지만 긴가민가했다.

갑자기 그들이 왜? 물론 나타날 때도 뜬금없고 당황스러웠지만 이곳 상천관 앞까지 올라와 무력시위를 했던 그들이 왜? 머릿속이 더 어지럽게 얽히는 충령이었다.

"왜 그러십니까, 사형?"

멍해 있는 충령을 무령이 깨웠다.

"아, 아니다."

"어떻게 된 것일까요? 놈들이 나타났던 이유는 무엇이고 또 갑자기 어디로 사라진 것인지……."

"이, 이러고 있을 때가 아니다."

"예?"

갑자기 황망한 모습을 보이는 충령. 그는 뒤쪽 제자들에게 고함부터 질렀다.

"내 행장을 챙겨 나오너라! 어서, 빨리!"

"사형?"

"무림맹으로 가야 한다. 내가 직접 갈 것이니 무령, 너도 빨리 준비해라. 어떻게 된 것인지는 무림맹에 가서 알아봐도 늦지 않다."

"알겠습니다."

무령이 즉시 알아듣고 자신의 거처로 달려갔다.

"이놈들, 도대체 무슨 수작인 거냐! 빠드득."

반격의 기회를 잡았다는 듯 어금니를 깨무는 충령. 무림에 벌어진 저간의 상황을 전혀 모르고 있는 그는 그 길로 바로 낙양 무림맹을 향해 떠났다.

*   *   *

부풍재란 높은 고갯마루에 서서 아래를 내려다보는 무림 삼성.

안 그래도 심각한 표정의 그들이었으나 미기가 그 표정에 찬물을 더 끼얹었다.

"우와, 아름다운 곳이었네."

구대통과 명원이 즉시 눈을 째렸다.

"아름다워?"

"왜 그러서. 눈에 보이는 것을 마음대로 표현도 못 하나?"

"네겐 우리가 놀러온 것으로 보이느냐?"

"알아, 알아. 그래도 뭐, 일부러 흥취까지 없앨 필욘 없잖아."

"시끄러. 그만 쫑알대고 따라오기나 해!"

면박을 주고 빠른 신법으로 내려가 버리는 세 사람. 하지만 미기는 가벼운 경공술 정돈 자기도 충분히 펼칠 수 있었기에 서두르지 않고 설렁설렁 따라 움직였다.

마을로 향하는 초입의 작은 다리.

제법 튼튼하게 지어진 그 다리를 건너던 구대통이 뭔가 못마땅한 듯 주위를 두리번거리며 혼자 중얼거렸다.

"흠, 들어서자마자 그 녀석의 더러운 기운이 물씬 풍겨 나오는 것 같이 느껴지네. 킁!"

뒤에서 입술을 삐죽이는 미기. 벌써부터 먹잇감을 노리는 것처럼 눈매가 번들번들한 그였기 때문이다.

다리를 건너 마을로 향하던 중에 마침 호미를 들고 터덜터덜 앞서 걸어가는 촌로 하나를 발견하고 구대통이 그를 불러 세웠다.

"거기 잠깐 멈추어라."

돌아보는 늙은이. 얼굴 가득한 주름살이 그가 살아온 삶을 짐작케 했다.

"뉘시오?"

"여기가 곤양이 맞느냐?"

"그렇소만."

"물어볼 게 있다. 잠시 시간을 내주겠느냐?"

노인이 무림삼성의 나이를 가늠해 보는 듯 잠시 세 사람을 번갈아 쳐다보다 주름진 그의 눈이 무양의 검에 이르러 멈춘 뒤 특유의 어눌한 말투로 대꾸했다.

"말씀하시오."

"이곳에 궁씨 성에 외수란 이름을 가진 아이가 살았었지?"

"그렇소만."

"그놈에 대해서 알려고 왔다. 알고 있는 대로 소상히 말해 보아라."

취조하듯 강압적이고 노골적인 구대통의 말. 연배의 차이가 많았지만 그것을 모르는 노인이 눈깔을 희뜩였다.

"그런 건 왜 묻소. 무슨 일이고 댁들은 뉘시오?"

"뭐, 댁?"

구대통의 반응에 미기가 끼어들었다. 워낙 배분이 높고 괴팍한 데다, 무림인들만 상대해 온 그들이었기에 일반인과의 대화가 자연스럽지 못한 것을 대신하려는 것이었다.

"호호, 할아버지. 너무 기분 나빠하지 마세요. 여기 이 영감님들이 보기엔 이래도 연세 구십을 넘긴 괴물들이고, 대답을 해주시면 사례를 할게요."

미기의 말에 다소 표정을 푼 노인이었으나 대답이 퉁명스럽게 나오는 건 어쩔 수 없었다.

"지금 여기 없어. 떠난 지 일 년이 넘었어."

"그건 알고 있어요. 어디에 살았고 어떻게 살았는지 또 무슨 일을 했는지 그런 것들이 궁금해서요."

"저기!"

"네?"

"저 위에 살았다고."

미기와 무림삼성이 동시에 노인의 손끝을 따라 멀리 높은 산을 응시했다.

"저 산속에 살았단 말씀이세요?"

"그래, 그곳에서 아버지와 단둘이 살았었지. 갑자기 떠나기 전까진……."

무림삼성의 눈길이 지그시 일그러졌다. 일반인이 그렇게 높은 산중에 살 리 없고, 인적과 뚝 떨어진 곳에 따로 거주했다는 게 수상했기 때문이다.

"애비의 이름은 무엇이더냐?"

"궁천도라는 자요."

"그는 아직 여기 있느냐?"

"아니오. 외수가 떠나자 그 인간도 따라서 떠났소."

"⋯⋯?"

무림삼성이 궁금해하는 사이 미기가 질문을 이어갔다.

"이곳 태생들인가요?"

"아니야. 외수가 젖먹이일 때 들어왔다. 떠나기 전까진 저 산 위에서 쭉 살았고."

"뭘 하며 어떻게 살았죠? 그 궁천도란 분은 무인이었나요?"

"무인? 홍! 그 인간이?"

생각해 볼 여지도 없단 듯 콧방귀를 뀌는 노인.

"왜 그러세요. 실력이 형편없었나요?"

"그게 아니라, 무인은커녕 놈팡이에 지나지 않는 놈이었다."

"놈⋯ 팡이⋯⋯?"

"그렇다. 천하에 쓸모없고 나쁜 놈이었지. 제 아들놈의 노력에 비하면 더욱더!"

혼자 열불을 내는 노인 때문에 무림삼성이 자기들끼리 쳐다보았다.

"아니지. 어쩌면 고집스러운 건 똑같이 닮긴 했었지. 하긴 아비와 아들이 닮지 않을 순 없는 것이니⋯⋯. 홍, 벼락 맞아 뒈질 놈! 어쩌면 지금쯤 벼락이 아니라 어딘가에서 빌어먹다 뒈졌을 수도 있겠구먼."

"무슨 소리죠? 더 자세히 얘기해 주세요."

"놈팡이였다고 했잖아. 할 줄 아는 것이라곤 계집질에다 술, 그리고 노름뿐이었지. 하루도 빠짐없이 색주가와 도박장에서 살았으니까."

"……?"

"덕분에 어린 아들 외수 놈만 등골이 빠졌지. 그 어린놈이 그런 아비 봉양하느라 얼마나 고생을 했던지. 쯧쯧."

자기가 안타깝단 듯 혀까지 차며 애처로운 표정을 짓는 노인. 그 상태로 노인은 말을 이었다.

"안 해본 일이 없었지. 곤양에서 할 수 있는 일이란 일은 아마 다 해봤을 거다. 남의 집 나무하다 장작 패기, 물 긷기, 설거지… 식당 점원에, 돼지우리와 마구간 청소에, 공사장 막일까지. 그걸 오로지 주색잡기와 노름에 빠져 사는 제 아비 때문에 코흘리개 때부터 해온 놈이었지, 그놈이."

미기도 무림삼성도 뜻밖의 사실에 입만 꾹 닫고 있었다.

"배우지 못해 글도 몰랐고 다른 재주도 없었지만 힘 하난 장사였지. 싸움도 아주 잘했고. 그 녀석 때문에 우리 마을엔 불한당 놈들이 얼씬도 못 했으니까. 후후! 그러고 보니 없으니까 그립네, 그놈. 별별 흉악한 놈들이 외수가 없다는 걸 알고 슬슬 다시 꼬이고 있는데."

노인은 기억이 새롭다는 듯 혼자 감상에 젖은 채 말을 이었다.

"그래, 틀림없이 그놈이 제 아비 뒤치다꺼리하는 데 지

불길한 예감 269

처 이곳 곤양을 떠났을 게야. 그렇지 않음 그 고집스럽고 굳건하던 아이가 어느 날 홀연히 떠날 수가 없지. 녀석이 떠나기 전날 어떤 예쁜 처자가 찾아와 같이 있었다곤 들었는데 그 녀석을 찾아온 게 아니라 아비를 찾아왔었다고 하더군."

노인이 말하는 예쁜 처자가 시시라는 것을 아는 미기.

"그 아버지의 행방은 전혀 모르세요?"

"몰라. 그놈의 인간, 어디서 뭘 하고 있든 알게 뭐야? 그 인간에 대해서 알고 싶으면 나보다 도박장이나 여자들 있는 술집 가서 물어봐. 그게 더 빠를 테니."

"……"

더 물을 게 없어진 미기가 가만히 보고 있다가 얼른 돈을 꺼내 내밀었다.

"고맙습니다. 이거 받으세요."

"됐어. 그건 필요 없고 이제 내가 몇 가지 물어보지."

"네? 뭘?"

"외수를 찾아왔으니 당연히 그 녀석 있는 덴 알 것이고, 지금 어디서 뭘 하고 있어?"

무림삼성을 돌아보는 미기. 잠시 망설인 그녀는 숨기지 않고 대답했다.

"혹시 극월세가라고 아세요?"

"알지. 그곳 모르는 사람도 있나?"

"거기 있어요."

"응? 거기서 뭘 하는데?"

"거기 총수이자 주인인 편가연 가주를 돕고 있고 두 사람은 곧 혼인할 거예요."

"……"

푸석한 눈으로 말도 없이 째려보는 노인. 그러다가 벼락같이 호통을 쳤다.

"떽! 아무리 시골 늙은이라지만 그 따위 거짓말 따윌 늘어놓다니."

"호호, 아니에요. 둘이 어릴 때부터 정혼 관계였던 걸 모르시는구나. 정말이에요. 조금만 그쪽 소문에 귀를 기울이시면 금방 알 수 있는 일인데 제가 왜 영감님께 거짓말을. 지금 천하가 궁외수란 이름을 다 아는데 아직 여긴 소문이 들어오지 않았나 보네요. 남궁세가에서 있었던 무림 후기지수 대회에서 우승까지 했는걸요, 호호호."

"……"

미기의 웃음을 쳐다보던 노인이 갑자기 홱 돌아서 가던 길을 재촉했다.

"……?"

대단히 열 받은 모습. 투덜투덜 걸어가는 몸짓에서 별 미친 것들 상대하느라 헛심만 소모했단 의사가 뚝뚝 떨어지고 있었다.

불길한 예감 271

노인을 떠나보낸 미기와 무림삼성은 마을로 들어가 여기 저기서 묻고 다녔으나 똑같은 사실만 재확인했을 뿐이었다.

결국 외수가 살던 집까지 찾아 올라온 네 사람.

미기가 또 감탄부터 터뜨리며 구대통의 염장을 질렀다.

"와, 멋지네요. 한눈에 뻥 뚫리는 이 시원한 전경!"

"그리 좋으면 아예 여기서 눌러 살아라!"

"에이, 혼자서 무슨 재미로. 호호! 그나저나 이곳이 궁외수, 그 인간이 살던 곳이란 말이지?"

흥미롭고 재미난단 듯 초옥으로 달려가 이곳저곳 둘러보는 미기.

"음, 사람이 살지 않은 흔적이 완연하네. 뭘 좀 건졌어요?"

방 안을 살펴보고 나오는 구대통 등은 아예 대꾸를 하지 않았다.

슬그머니 입술을 찢는 미기. 자기가 봐도 먹잇감이 될 만한 것이라곤 없었기 때문이다.

어두운 기색의 무림삼성. 구대통이 먼저 입을 열었다.

"별나군. 이런 곳에 살던 놈이 어떻게 극월세가와 정혼이라는 관계를 맺었지? 그 아비가 그런 놈팡인데 말이야."

"훨씬 더 선대에서부터 인연이 있었는지도 모르지."

무양의 대꾸.

외수의 아버지 궁천도가 첩혈사왕일 것이라곤 전혀 연결 짓지 못하는 세 사람이었다.

그리고 마도와의 연관성도 찾지 못한 세 사람. 헛걸음만 했단 생각에 쓸쓸함을 지우지 못했다.

거기다 새롭게 알게 된 궁외수의 과거. 그렇게 고된 삶을 살았다는 게 지금까지 갖고 있던 선입견들을 흔들리게 하고 있었다.

영마 같지 않은 영마.

명원이 그 흔들리는 마음을 슬며시 밖으로 꺼내놓았다.

"오라버니, 우리가… 너무 집착했던 걸까요? 마도와의 연관성은커녕 오히려 그 녀석의 힘겨웠던 과거만 알게 된 꼴이로군요."

"……?"

구대통의 눈초리가 사납게 돌려졌다.

그래도 명원은 쓸쓸히 혼잣말을 이었다.

"암왕과 그 아들, 손녀를 죽인 범인이 아닐지도 모른 생각이 들어서요."

"명원, 이 일의 시작은 너였다."

"알고 있어요. 하지만 우리가 너무 몰아친 건 아닐까 다시 생각해 보는 계기가 생겼다는 게… 마음이 좀 무겁네요. 극월세가의 그 의문의 사내를 첩혈사왕이라 단정 지은 것도 그렇고."

"우리가 증거도 없이 몰아친 건 인정한다. 그렇다 해도 그놈은 그렇게라도 해서 견제하고 감시해야만 하는 영마란 건 변함이 없다. 쓸데없는 소리 말고 따라오기나 해! 한시도 그놈을 그냥 놔둬선 안 돼!"

구대통이 산을 내려가기 시작했다. 하지만 그는 지금까지 볼 수 없었던 무척이나 지치고 피곤한 듯한 모습을 보이며 신법도 아닌 그저 힘없는 걸음만 터벅터벅 옮겨가고 있을 뿐이었다.

* * *

한 해의 마지막 달 마지막 날을 이틀 남겨둔 시점의 영흥 극월세가.

많은 위사들과 마차가 늘어선 사이로 약한 눈발이 날리고 있었다.

떠날 채비를 갖추고 마차 앞에 대기한 조비연이 하늘을 올려다보며 중얼거렸다.

"눈이 오는군."

보고 있던 외수가 씨익 웃었다.

시시나 반야 같았으면 '어머, 눈이 오네요. 아름다워요'라고 외치며 깡충깡충 온갖 감정 표현을 다 해댔을 것이었다.

외수는 문득 장난이 걸고 싶어져 음흉한 웃음을 짓고 기척도 없이 슬쩍 그녀 앞으로 다가섰다.

"헉?"

무의식적으로 두 팔로 가슴을 가리는 조비연. 동그랗게 놀란 그녀의 눈이 귀여웠다.

"뭐, 뭐야? 왜 갑자기 다가서고 난리야?"

"거참 적응 안 되게. 이럴 때 보면 천생 여잔데 말이야. 그것도 앞뒤 풍만하고 늘씬한!"

"뭔 소리야, 이 자식이?"

날아와 꽂히는 도끼눈.

"됐어. 긴장을 좀 풀어보려고 장난친 것뿐이야."

"네가 긴장했다고?"

"아니. 나 말고 너!"

"내가 긴장한 걸로 보여? 정작 긴장한 놈은 저기 있구만."

조비연이 턱 끝으로 가리키는 곳. 송일비가 마차 마부석에 올라앉아 하늘을 보며 심각한 표정을 잔뜩 흘리고 있었다.

"음… 이게 좋은 징조인지 나쁜 징조인지 모르겠군."

외수가 다가서 그 침울한 분위기를 깨뜨렸다.

"뭐라고 중얼대는 거야? 무슨 징조?"

"조용히 해! 길흉화복을 점쳐 보고 있는 중이잖아!"

"무슨 길흉화복? 너 점도 보냐?"

획 고갤 돌려 내려다보는 송일비.

"도끼 튀어나오겠다."

"무딘 녀석! 사지(死地)가 될 수도 있는 길을 나서면서 자연이 보내는 신호에 둔감하다니."

"뭐, 자연이 보내는 신호? 너 오늘 왜 이러냐?"

"시끄러. 나 지금 몹시 심각하니까 말 걸지 마."

상종하기도 싫다는 듯 마차에서 풀쩍 뛰어내려 구석으로 가는 송일비. 그는 가면서도 하늘을 보고 혼자 중얼거렸다.

"이상해, 이상해. 조짐이 안 좋아. 꼭 뭔가 일어날 것 같아."

그때 본채에서 편가연이 줄줄이 사람들을 거느리고 모습을 보였다. 그녀를 배웅하려는 가신(家臣)들, 그리고 외원의 수뇌들.

그리고 곧이어 별채 쪽에서도 시녀 차림이 아닌 편가연처럼 화려한 복장을 한 시시가 반야를 데리고 나왔다. 낭왕에게 한 약속 때문에 외수는 반야를 혼자 두고 갈 수 없었고, 그녀도 가고 싶어 했기에 이번 행도에도 같이 가기로 했다.

시시를 본 송일비가 즉시 그녀에게로 달려가 호들갑을 떨었다.

"오오! 시시 낭자, 이렇게 차려 입고 꾸미니 너무나 아름답소. 선녀가 따로 없구려. 아하하하."

"어머, 과찬이세요, 송 공자님."

쑥스러워하는 시시.

거기에 송일비가 갑자기 우울해진 얼굴을 들이밀었다.

"그런데 시시 낭자 일러둘 것이 있소."

"뭔데요?"

"조짐이 수상하오. 무슨 일이 생기면 반드시 내 곁에 붙어 있어주시오. 하늘이 무너지는 한이 있어도 내 그대를 지켜주겠소."

"어머, 출발도 하기 전에 그런 말씀을?"

"아니오. 이럴 때 내 느낌은 틀림없다오. 그러니 꼭 내 말대로 해주시오."

"어쨌든 고마워요. 가능하면 그럴 수 있도록 할게요. 그리고 마차도 함께 타게 되잖아요. 하지만 송 공자님, 그런 절체절명의 위기 상황이 닥치면 저보단 저희 아가씨를 먼저 부탁드리겠어요."

"물론 편 가주도 지킬 것이오. 하지만 시시 소저가 보이지 않으면 과연 내가 어찌할지 장담할 수 없소. 그러니 꼭 내 옆에 붙어 있으시오."

여느 때와 달리 진심이 강하게 느껴지는 송일비였다.

시시는 어쩔 수 없이 고개를 끄덕였다.

"거듭 감사드립니다. 노력할게요."

그러고 있을 때 편가연이 궁외수 앞에 섰다.

"공자님?"

"준비는 다 된 거야?"

"네."

"그럼 타! 출발 준비도 끝났으니."

외수의 말이 끝나자 따라 나온 자들이 일제히 고개를 숙였다.

"가주, 그리고 궁 공자님, 잘 다녀오십시오!"

"네, 돌아와서 다시 뵙겠어요. 수고들 해주세요."

"알겠습니다, 가주!"

인사가 끝나자 편가연이 비로소 가운데 마차에 올랐다. 외수의 계획은 석 대의 마차를 활용해 적들의 목표를 흩뜨리겠단 의도였다.

외수는 시시와 반야가 올라타는 마차로 다가갔다.

"예쁘군."

"……."

마주보지 못하는 시시.

"이런 일 시켜서 미안해!"

"아니에요. 그러실 필요 없어요. 아가씨를 위해 하는 이런 일이 저의 일이고 이런 일을 함으로써 행복한 걸요."

"……."

자신이 시녀임을 강조하는 시시 때문에 이번엔 외수가 입을 닫았다.

먼저 반야를 태우고 곧바로 뒤따라 마차를 올라타는 시시.

잠시 섰던 외수가 천천히 돌아서 맨 앞 첫 번째 마차로 갔다.

"부탁해. 무슨 말인지 알지?"

괄괄한 성격은 전혀 다르지만, 외모만 따지면 결코 편가연데 뒤지지 않는 조비연이 고개를 끄덕였다.

외수는 그녀에게 아예 편가연 행세를 부탁했다. 가끔씩 얼굴을 밖으로 비치는 척만 해도 적들은 그녀를 편가연으로 충분히 오인할 수 있었기 때문이다.

외수는 다시 나가게 된 외부 일정에 많은 준비를 했다.

우선 선두를 내원호위장 온조에게 맡겼고, 따라나서는 위사들의 숫자는 대폭 줄여서 오십 명으로 제한했다.

그것도 선발대 후발대 각 다섯 명씩을 제외하면 고작 사십 명이었는데, 이번 일정이 오가는 거리가 짧은 것도 이유였지만 우선 많은 인원보다 소수정예로 쓸데없는 희생을 줄이고 문제 발생 시 신속하게 이동하기 위함이었다.

그리고 싸움이 벌어졌을 때 위사 열 명보다 한두 명의 뛰어난 사람이 낫다는 걸 실전에서 확인했기 때문이기도 했는데, 송일비와 조비연, 두 사람을 외수가 그만큼 믿고 있단 뜻이기도 했다.

모두 말 위에 올라탄 위사들. 외수가 출발 신호를 내리려는데 생각지도 못한 이들이 등장했다.

뒤채의 북해 빙궁 여인들. 흩날리는 눈처럼 흰 옷의 빙설선, 빙설화, 빙설영 세 명의 빙녀들이 자신들의 말을 타고 앞으로 나오고 있었다.

"엉? 너희는 왜?"

"널 지켜보란 명을 받았다."

피식 웃음을 머금는 외수. 고맙단 인사를 그것으로 대신한 외수는 바로 손을 들어 출발 신호를 했고 온조가 천천히 선두를 이끌며 나아갔다.

대열이 움직이자 그제야 마차에 올라타는 외수.

시녀도 없이 얌전히 혼자 앉아 있던 편가연이 살짝 웃음을 보이곤 곧바로 무거운 기색을 보였다.

"표정이 왜 그래?"

"이번에도 틀림없이 날 노리겠죠?"

알면서도 적을 향해 나서야 하는 길.

"그럴 테지. 천하가 다 아는 일정이니까."

"죄송… 해요. 저 때문에 매번 이런 위험을 감당하게 해서."

"……?"

갑자기 어두운 기색을 보이는 편가연 때문에 멀뚱해진 외수.

하지만 이건 최근 편가연의 마음이 달라졌기 때문이었다.

외수를 대하는 마음가짐이 처음과는 완전히 바뀐 그녀. 외수를 자신을 지켜주는 사람이 아닌, 자신과 평생을 같이할 사람으로 보기 시작한 때부터 외수가 싸움에 나서고 또 다치는 게 싫어진 그녀였다.

"이번에도 저 때문에 따를 희생이 두려워요. 또 몇 명이나 죽고 다칠지……."

"흐흐, 글쎄? 두고 보자고. 얼마나 죽고 다치는지."

"……?"

고개를 들어 쳐다보는 편가연.

기묘한 자신감이 어린 외수의 비릿한 웃음.

"걱정 말고 상쾌하게 가자고. 출발부터 왜 이래?"

* * *

"어머, 여긴 눈이 제법 많이 오네요. 눈이 많이 오는 지역이 아닌데."

두 번이나 휴식을 취한 다음 다시 달리는 대열.

마지막 마차 안에 앉은 시시가 바깥을 확인하며 걱정스런 표정을 지었다. 아직 쌓일 정도는 아니었으나 눈발을 맞으며 달리는 위사들이나 마차를 몰고 있는 마부는 곤욕일 것이었다.

온통 하얀 하늘.

그러나 같이 탄 송일비는 시시를 앞에 두고도 그답지 않게 우울한 분위기를 연출하고 있었다.

시시가 걱정스레 물었다.

"송 공자님, 아직도 많이 불안하세요?"

"아아. 아니오, 시시 낭자. 지금은 괜찮소. 단지 눈이 많이 와서 걱정하고 있었을 뿐이오."

"걱정하지 마세요. 길도 평탄한데다 곧 묵고 갈 객관에 도착할 거예요."

목적지인 무성현까지는 꼬박 하루가 걸리는 거리. 밤사이 달려갈 순 없으니 오후 이른 시간 객관에 드는 걸로 준비된 일정이었다.

슬그머니 밖을 내다보는 송일비. 괜찮다 말했으나 점점 크게 엄습하는 묘한 불안감을 떨칠 수가 없었다.

'젠장. 뭐지, 이 더러운 기분은? 왜 갑자기 이런 기분이 드는 거야?'

자기도 모르게 허리춤에 두른 호접검 손잡이를 움켜잡고 있는 송일비였다.

송일비가 눈발이 펄펄 날리는 밖을 보고 있을 때 편가연과 마주앉은 궁외수도 바깥을 응시하고 있었다.

그러다 갑자기 거세게 마차 문을 열어젖히고 몸을 바깥으로 내밀었다.

"최대한 빠른 속도로 달려!"

선두의 온조를 향한 고함. 눈이 덮여가는 길 앞 땅바닥의

미묘한 움직임을 본 것이었다.

아니나 다를까, 편가연도 놀라고 온조도 놀라 주춤하는 사이 땅거죽이 들고 일어나며 시커먼 인영들이 솟구쳤다.

"자객이다! 멈추지 말고 그대로 달려!"

외수의 고함을 세 번째 마차에 탄 송일비도 들었다.

그러나 그는 정작 자신이 불안해하던 요인들이 나타났는데도 흠칫 놀라거나 호들갑을 떨며 일어나지 않고 더 깊이 긴장하며 몹시도 서늘한 웃음을 흘렸다.

"왔군. 흐흐흐흐……."

오히려 불안에 절어버린 것인가? 송일비는 구부정히 웅크린 자세로 흘리는 비릿한 웃음뿐 아니라 한곳에 고정되어 버린 시선도 더욱 싸늘히 식어가기만 했다.

그런 송일비 앞에 반야와 서로 손을 꼭 맞잡은 시시. 이제까지 보지 못했던 송일비의 그런 모습에 걱정이 앞섰다. 정말 불운한 일이 일어나는 건 아닐까 심장이 요동쳤다.

"예상에서 한 치도 틀리지 않는군. 새끼들!"

흐릿한 미소를 꽉 깨문 송일비가 슬그머니 시시에게로 고개를 돌렸다. 그리곤 그 나름 크게 씨익 웃어 보였는데 그게 더 공포를 자극하는 꼴이었다.

"흐흐, 시시 낭자. 걱정 마시오. 이 마차엔 결코 한 놈도 달려들지 못할 것이오."

쾅!

그 말을 끝으로 별안간 마차의 문을 걷어차는 송일비.

 "어딜 달라붙어?"

 떨어져 나가라 문을 걷어찬 송일비의 움직임이 그때부터 달라졌다.

 허리춤 호접검을 뽑아 드는 것과 동시에 비호처럼 밖으로 튀어나간 그는 순식간에 지붕 위로 올라가 고함을 질렀다.

 "이 새끼들, 어딜 감히 손을 대느냐? 와라, 모조리 죽여주겠다!"

 카캉! 카카캉!

 예상했던 기습.

 눈까지 펑펑 내리는 이런 날, 평지나 다름없는 들녘에서 튀어나온 기습이 다소 놀랍기도 했으나 송일비는 오히려 기다렸다는 듯이 살수들을 향해 광분했다.

 엄청난 속도로 달려가는 행렬. 그러나 살수들은 선두의 위사들이 아닌 마차에 집중해 있었고 달려가는 속도를 늦추진 못했다.

 지금까지 나타났던 살수들 숫자에 비하면 턱없이 부족하다고 느껴질 정도인 고작 열댓 명의 살수들.

 "뭐야 이거? 왜 이것뿐이야?"

 송일비의 고함. 마차로 달라붙는 자들을 날려 버리며 그가 다시 한 번 주위를 확인했다. 틀림없이 눈에 보이는 자들이 전부였다.

"이것들이, 장난해?"

카앙! 캉캉캉캉!

더욱 성에 받쳐 살수들을 떨쳐 내는 송일비.

맨 앞 마차에 탄 조비연도 마찬가지였다. 그녀는 밖으로 모습을 드러내지 않고 마차에 달라붙어 안으로 기어드는 살수들을 그때그때 월령비도를 이용해 손쉽게(?) 날려 버렸다.

편가연이 탄 마차는 아예 살수들이 달라붙지 못했다. 외수가 무극검의 위력을 아낌없이 발휘하고 있었기 때문이다.

덮쳐드는 자들을 검린을 발출해 그대로 허공 중에 도륙해 버리는 외수.

채 일 각(刻)도 걸리지 않았다. 살수 모두를 날려 버리기까진.

더 이상 튀어나오는 자가 없자 송일비가 바로 앞 마차의 외수를 향해 소릴 질렀다.

"왜 이래? 뭐가 이리 싱거워?"

"놈들이 우릴 간 본 거야. 이제 시작일 뿐이지!"

짧은 대답만 남기곤 다시 마차 안으로 들어가 버리는 외수.

잠시 그대로 섰던 송일비는 구겨진 인상을 하고 그냥 지붕 위에 주저앉아 버렸다.

"그렇겠지? 이제 시작일 뿐이겠지?"

달려가는 속도 때문에 얼굴을 가득 날아와 부딪치는 눈발.
송일비는 차가운 것도 모르고 객관에 도착할 때까지 그러고 있었다.

꽤 큰 규모를 자랑하는 객관 마당으로 들어서는 마차.
가장 먼저 마차에서 뛰어내린 시시가 지붕을 올려다보곤 소리쳤다.
"송 공자님, 거기서 뭘 하세요?"
"보시다시피 감시 중이잖소."
아예 얼빠진 사람처럼 턱을 괴고 앉아 주위를 두리번거리고 있는 송일비. 뽑아 든 호접검조차 그대로 꽉 움켜쥐고 있는 그였다.
"그만 내려오세요. 객관에 도착했잖아요."
그제야 움찔 주변을 인식한 송일비가 뒤늦게 풀쩍 뛰어내렸다.
"엣취! 춥군. 하하!"
아침부터 계속 이상한 말과 이상한 행동을 하는 그가 걱정스럽단 듯 고개까지 갸웃대며 눈을 떼지 못하는 시시.
"다치지 않으셨어요?"
"오, 멀쩡하오. 비로소 이제 편 가주보다 나를 더 신경 쓰는 것이오? 하하하, 보시오. 이렇게 멀쩡하오. 하하하하!"
시시의 한마디에 혼자 좋아 죽는 송일비.

그러고 있을 때 외수와 조비연이 각각의 마차에서 내렸다.

송일비와 시시를 슬쩍 돌아본 외수가 앞 마차의 조비연에게 웃음을 건넸다.

"괜찮지?"

"시시하군."

그녀다운 대꾸.

외수가 말없이 더 짙은 웃음만 건넸다.

"공자!"

온조가 달려왔다.

"수고했소. 객관 안을 확인하시오."

"알겠습니다."

온조가 위사들 몇을 데리고 객관의 안전 상태를 확인하는 동안 외수는 마차 앞을 지키고 서서 객관의 전체 형태와 주변 환경을 둘러보았다.

그러고 있을 때 똑같이 객관을 보고 있던 송일비가 다가오며 외수에게 말했다.

"왜 이렇게 스산하고 허허로워?"

외수가 보기에도 정말 그랬다. 통째로 빌린 이 층짜리 객관. 다른 객관들과 뚝 떨어져 있는 데다 주변에 나무나 정원같이 가꾸어놓은 게 없어 더욱 허전하고 쓸쓸해 보였다.

하지만 그것이 더 좋았다. 물론 선발대가 그런 조건들을 따져 선정했겠지만 적을 경계하기 딱 좋은 환경이었다.

불길한 예감

외수는 객관 내부 상태를 확인한 온조가 나오자 그제야 편가연과, 시시, 반야를 앞세우고 안으로 들어갔다. 그리고 그녀들을 이 층 가장 큰 객실에 몰아놓고 조비연까지 같이 쓰게 한 뒤 빙궁의 빙녀 셋을 바로 앞 객실을 배정했다.

 눈은 그쳐 있었다.
 하지만 달빛도 별빛도 없는 짙은 어둠이 대신하고 있었다.
 불을 피워 어둠을 밝힌 마당. 객관 전체를 둘러싼 위사들이 횃불을 밝히고 있었지만 무겁게 내려앉은 어둠을 한꺼번에 다 걷어내진 못했다.
 저녁을 먹고 꽤나 흐른 시간. 조를 나눠 경계를 서는 위사들을 제외하곤 대부분 잠에 취해 있을 시간에 외수가 밖으로 나왔다.
 경계 상황을 한 번 더 확인하고 쉬려는 것이었다.
 그런데 이곳저곳을 둘러보던 외수가 객관 지붕 위에 우두커니 앉아 먼 어둠 속을 응시하고 있는 한 인간을 발견하곤 어이없단 듯 소릴 질렀다.
 "야, 너 거기서 뭐해?"
 "시끄러, 인마. 시시 소저 깨겠다."
 송일비.
 그러고 보니 그가 앉은 곳은 편가연과 시시 등이 같이 있는 객실 바로 위였다.

"안 자냐?"

"너나 자!"

"……."

끔찍이도 시시를 생각하는 송일비. 물끄러미 그를 올려다 보던 외수가 고개를 흔들며 객관으로 신형을 돌렸다.

그런데 현관을 막 들어서려던 외수가 우뚝 걸음을 멈추었다.

"……?"

"젠장, 이럴 줄 알았어. 더럽게도 내 예감은 잘 맞아!"

외수가 눈을 부릅뜨고 돌아서는 그 순간 지붕의 송일비가 마당으로 뛰어내렸다.

"새끼들, 많이도 몰려왔네. 대열!"

송일비가 고함을 지르자 위사들이 일제히 그의 뒤로 가서 전투태세를 갖추었다. 그동안 직접 가르쳐 온 위사들이었기에 서로가 손발이 맞는 일사불란한 모습을 보였다.

객관 내 휴식에 들어가 있던 위사들도 송일비의 고함을 듣고 벼락같이 뛰어나와 대열에 합류했다.

외수도 천천히 걸어가 송일비 옆에 섰다.

객관 정면으로 스멀스멀 나타나는 사람들.

그 수를 헤아리기 어려웠다. 짙은 어둠 속 시커먼 복장이라 더 구분이 어려웠다.

일단 눈으로 보이는 자들만 최소 백 명 이상.

불길한 예감 289

송일비가 검을 뽑아 늘어뜨리며 다시 소릴 질렀다.

"단 한 놈도 안으로 들여보내지 않는다. 그리고 모조리 죽인다. 알았어?"

"옛!"

기합이 바짝 들어간 위사들의 대답.

외수도 천천히 무극검을 뽑아 들며 송일비에게 넌지시 말을 건넸다.

"어이, 도둑놈. 너답지 않게 왜 이리 긴장해? 너 땜에 나까지 불안해지잖아!"

"시끄러! 내 예감은 틀린 적이 없다고 했잖아!"

"후훗, 너 시시가 그렇게 좋냐?"

"뭐?"

고개를 확 돌려 째려보는 송일비. 얼마나 그 좋지 않은 예감이란 것에 신경을 썼는지 눈 밑까지 거뭇한 그였다.

"말이라고! 이 세상에 시시 소저만큼 예쁘고 상냥하고 착한 여자가 어딨냐."

"후후후, 한 가지 알려줄까?"

"이 시키가 이 시점에 왜 징그러운 웃음을 흘리고 난리야?"

"시시는 말이야……."

"……?"

"내 꺼야."

"……?"

부릅뜬 송일비의 눈이 빠져 아래로 굴러떨어질 듯했다.

"뭐, 뭐뭐뭣? 너너, 너 방금 뭐라고 했냐?"

"흐흐흐, 다시 말하면 속만 더 쓰릴 텐데?"

"다시 말해봐, 이 새끼야! 편가연이 있는 놈이 시시까지 갖겠다는 거냐?"

"뭐, 어쨌든."

"이, 이런 도둑놈의 새끼?"

"도둑놈은 너지. 그러니까 시시 건들지 마."

"뭐얏? 건들지 마? 이 새끼, 너 죽고 나 죽자. 진짜 결투다. 내가 누구 땜에 이 짓을 하고 있는데 감히 나의 시시 낭자를? 덤벼, 이 자식아! 목을 따줄 테다!"

휙휙!

눈앞에 몰려든 시커먼 적들을 놔두고 졸지에 궁외수에게로 검을 돌린 송일비. 이 황당한 상황에 온조를 비롯한 위사들만 어리둥절해졌다.

그때 외수가 펄펄 끓는 송일비를 외면하고 앞으로 걸어 나갔다.

"야, 어딜 가? 거기 서!"

바로 뒤따르는 송일비.

위사들이 밝혀놓은 불빛이 가까스로 미치는 곳. 외수는 마당 끝자락에서 멈추어 섰다.

불길한 예감 291

그제야 적의 수가 대충 감이 잡혔다. 못 되어도 이백 명.

그때 송일비의 검이 파공성과 함께 목으로 날아들었다.

"죽어라, 이 자식아!"

챙!

단순한 송일비.

외수가 가볍게 검을 들어 송일비의 연검을 막은 채 피식 웃었다.

"결투는 나중에 하지. 우선 이놈들부터 처리해 놓고 말이야."

"……?"

비로소 시커먼 자들을 다시 인식하고 돌아보는 송일비. 하지만 힐끔 돌아본 게 전부였다.

"시끄럿! 이 판국에 이딴 놈들이 다 무슨 소용이야. 감히 네놈이 나의 시시 낭자를 넘보고 있는데. 다 필요 없어. 네놈이 죽든 내가 죽든 결판이 먼저야."

"바보. 이놈들을 못 막으면 시시가 어찌될 것 같아? 살아남을 수 있을 것 같아?"

"……?"

멍청한 표정으로 다시 살수들을 돌아보는 송일비.

"…좋아. 결투는 이놈들을 처리한 후로 미룬다. 그런데 이것들은 또 왜 이렇게 많아? 화가 끓어 죽겠는데. 날 새게 생겼잖아?"

"후훗."

비로소 제 모습을 찾은 송일비.

아침부터 예감 타령을 하며 몹시도 불안하고 긴장한 모습을 보였던 그가 외수의 단순하기 짝이 없는 자극에 휘말려 그 기억을 아예 잃어버렸다.

가볍게 웃어 보인 외수가 그제야 제대로 복면인들을 마주했다.

"누가 우두머리냐?"

"네놈이 궁외수냐?"

되돌아온 질문. 외수는 주저하지 않고 고개를 끄덕였다. 그리고 먼저 주절거렸다.

"절박했던 모양이군. 기습, 암습도 아니고 이렇게 버젓이 나타난 걸 보니."

"네놈 덕분이지."

"그래, 그랬지. 그런데 이번에도 네놈들은 목적을 이룰 수 없다. 필사의 의지로 왔겠지만 이번에도 단 한 놈도 살려두지 않을 작정이거든. 모조리 끌고 나온 것일 테지? 이번엔 끝장을 내야 했을 테니까."

"……."

맨 앞에 선 복면인이 움찔했다.

외수는 그것을 놓치지 않았고 더 몰아쳤다.

"네놈들이 누군지도 알아. 이미 조사를 끝냈거든. 사대비문 중의 하나인 비영문!"

더 큰 충격이 복면인들을 휩쓸었다.

"그리고 네놈들뿐 아니라 독곡이란 곳도 네놈들과 같이하는 것 다 알아!"

말을 해놓고 번뜩이는 눈초리로 상대의 기색을 놓치지 않고 확인하는 궁외수.

"그러나 난 네놈들 따위 관심 없어. 네놈들 전체를 움직이기 위해 그 많은 돈을 쓰는 놈들! 그놈들이 누구냐?"

"……."

확연히 흔들리는 기색.

맨 앞 우두머리로 보이는 복면인이 그 분위기를 다잡기 위해 웃음을 흘렸다.

"후훗, 어린놈이 대단하구나. 배짱도 배짱이지만 머리 쓰는 것도 영악하기 짝이 없어! 간교한 놈! 우리가 누군지, 배후가 누군지는 네놈이 이 싸움에서 살아남을 수 있다면 직접 알아봐라!"

"아직도 모르는군. 어차피 튀어나오게 되어 있다. 네놈들은 상대를 잘못 골랐고 이 자리에서 모조리 고혼이 되고 나면 결국 튀어나오지 않곤 못 배길 테니까."

"그러니까 직접 튀어나오게 해봐, 이 새끼야! 쳐!"

악에 받친 외마디 명령. 그 순간 좌우로 끝도 없이 늘어선 살수들이 쏟아지듯 일제히 공격을 개시했다.

비장한 살기를 느낄 수 있었다.
"부탁한다, 송일비!"
마주쳐 신형을 던져간 외수의 말. 그 말에 송일비는 욕지기로 일축했다.
"시끄럿! 네놈 말 아니라도 객관엔 한 놈도 들어갈 수 없다. 시시 낭잔 내가 지켜!"

카캉! 카캉캉캉!
슈칵! 콰콱!
세상에 존재할 수 있는 온갖 끔찍한 소리들이 칠흑의 어둠을 찢어발기기 시작했다.
도검 부딪치는 소리에 살을 베고 뚫는 소리. 뒤따르는 고함에 비명.
"죽여!"
"객관 안으로 진입해!"
"막아!"
"크아아악!"
누구의 고함이고 누구의 비명인지 알 수도 없었다. 막으려는 외수와 송일비의 처절함만큼이나 편가연의 목을 향한 살수들의 의지도 더없이 무섭고 맹렬했다.
온몸으로 위사들의 벽을 허무는 놈, 만신창이가 되어 쓰러진 그 동료를 밟고 현관으로 달려드는 놈.

불길한 예감 295

창으로 뛰어드는 놈, 벽을 타고 기어오르는 놈……. 공포가 따로 없었다.

그런데 이 밤, 이 살인개미들 같은 소름 돋는 자들의 습격이 전부가 아니라는 게 궁외수와 편가연을 더욱 위태롭게 만들고 있었다.

『절대호위』 10권에 계속…

만상조 新무협 판타지 소설
FANTASTIC ORIENTAL HEROES

광풍제월

천하제일이란 이름은 불변(不變)하지 않는다!

『광풍제월』

시천마(始天魔) 혁무원(赫撫源)에 의한 천마일통(天魔一統)!
그의 무시무시한 무공 앞에 구대문파는 멸문했고,
무림은 일통되었다.

"그는 너무나도 강했지.
그래서 우리는 패배했고, 이곳에 갇혔다."

천하제일이란 그림자에 가려져 있던 수많은 이인자들.

"만약……"
"이인자들의 무공을 한데로 모은다면 어떨까?"
"시천마, 그놈을 엿 먹일 수도 있을 거야."

**이들의 뜻을 이어받은 소년, 소하.
그의 무림 진출기가 시작된다.**

Book Publishing CHUNGEORAM

 유행이 아닌 자유추구 -
WWW.chungeoram.com

FUSION FANTASTIC STORY

말리브해적 장편소설

MLB
메이저리그

유료독자 누적 1200만!
행복해지고 싶은 이들을 위한 동화 같은 소설.

『MLB-메이저리그』

100마일의 강속구를 던지는
메이저리그의 전설적인 괴짜 투수 강삼열.
그가 펼치는 뜨거운 도전과 아름다운 이야기!
승리를 위해 외치는 소리-

"파워업!"

그라운드에 파워업이 울려 퍼질 때,

전설이 시작된다!

Book Publishing CHUNGEORAM

유행이 아닌 자유추구-
WWW.chungeoram.com

이경영 판타지 장편소설

FANTASY FRONTIER SPIRIT

그라니트
용들의 땅
GRANITE

사고로 위장된 사건에 의해 동료를 모두 잃고 서로를 만나게 된 '치프'와 '데스디아'.
사건의 이면에 상식을 벗어난 음모가 있음을 알게 된 둘은
동료들의 죽음을 가슴에 새긴 채 각자의 고향으로 돌아간다.
2년 후, 뜻하지 않게 다시 만난 두 사람은 동료들의 복수를 위해
개척용역회사 '그라니트 용역'을 설립해 다시금 그 땅을 찾게 되는데……

용들이 지배하는 땅 그라니트!
그곳에서 펼쳐지는 고대로부터 이어지는 운명적 만남,
깊어지는 오해, 그리고 채워지는 상처.

『가즈 나이트』시리즈 이경영 작가의 미래형 판타지 신작!

Book Publishing CHUNGEORAM

유행이 아닌 자유추구 -
WWW.chungeoram.com

FUSION FANTASTIC STORY

인기영 장편소설

리턴 레이드 헌터

Return Raid Hunter

하늘에 출현한 거대한 여인의 형상…….
그것은 멸망의 전조였다.

『리턴 레이드 헌터』

창공을 메운 초거대 외계인들과
세상의 초인들이 격돌하는 그 순간.
인류의 패배와 함께 11년 전으로 회귀한 전율!

과연 그는, 세계의 멸망을 막을 수 있을 것인가.

**세계 멸망을 향한 카운트다운 속에서 피어나는
그의 전율스러운 이야기!**

Book Publishing CHUNGEORAM

유행이 아닌 자유추구 -
WWW.chungeoram.com